AF389656

DOUZE DOUZAINS DE DIALOGUES

ou Petites scènes amoureuses

Écrit par Pierre Louÿs

RETROUVEZ TOUS NOS GRANDS CLASSIQUES ÉROTIQUES

GRANDS classiques .com

LE ROMAN DE VIOLETTE
Un roman érotique
Marquise de Mannoury

AMOURS SECRÈTES D'UN GENTLEMAN
Un roman érotique
Edward Sellon

LES EXPLOITS D'UN JEUNE DON JUAN

LES CONCUBINES DE LA DIRECTRICE

sur www.grandsclassiques.com

Dialogues des filles nues

1
En visite

— Entre ma chérie. Défais-toi.

— Toi aussi.

— Moi, je n'ai que mon peignoir à enlever, tiens, je suis à poil dessous. Le voilà par terre.

— Oh, ton cher petit con, laisse que je le caresse.

— Défais-toi d'abord. Ton boléro… ton jupon… ton corset. Amours de nichons, va.

— Ils bandent pour toi, tu vois.

— Les petits salauds ! Continue. Ôte ton pantalon. Ôte ta chemise. Tes souliers, tes bas.

— À poil toutes les deux, mon chat !

— Je ne veux pas que tu me fasses de visites autrement. Assieds-toi devant moi, nous allons causer.

— Regarde là.

— Tiens, tu te mets du henné sous le ventre ?

— Oui, mon chéri, c'est plus joli.

— Cela va bien sur le rose des lèvres.

— Si je te disais autre chose, tu serais bien plus étonnée…

— Oh ! l'amour, elle se met du rouge au trou du cul ! Chéri adoré ! Que je t'embrasse dessus !

2

La coiffeuse de cons

— Mais quels poils ! quels poils ! Ce n'est pas possible, tu te les fais friser !

— Bien sûr !

— Vrai ? Eh bien ! en le disant je n'y croyais pas. Qui est-ce qui te fait ça ?

— Fernande. Tu connais pas Fernande ? Il faut connaître Fernande, ma fille. C'est une petite blonde d'une trentaine d'années, la meilleure coiffeuse de cons qu'il y ait dans Paris.

— Coiffeuse de cons ! En voilà un métier !

— Elle arrive le matin à onze heures quand je me réveille. Je n'ai pas besoin de me lever ; elle me lave tout dans un bassin, devant et derrière ; et puis elle me savonne les poils avec du shampooing, elle les sèche, leur met de la brillantine, les coiffe, les frise au petit fer... C'est comme ça que je les ai si beaux.

— Et sous les bras la même chose ?

— Tu vois.

— Jésus ! Elle ne te frise pas aussi les lèvres du con ?

— Presque. Elle me masse le petit bouton pour le faire grandir et me rendre plus sensuelle. Je ne sais pas si ça réussit mais chaque fois je décharge comme une folle au milieu de l'opération.

3
L'examen de la maquerelle

— Me v'là, madame. Vous voyez, j'ai la peau bien blanche, bien fine partout.

— Oui… Approchez.

— Et puis des gros tétons de nourrice… Les michés aiment ça, qu'on ait des gros tétons pour leur traîner sur la queue.

— Couchez-vous sur le canapé, que je vous voie le chat.

— Le v'là, madame, vous pouvez regarder, j'ai jamais eu de mal.

— Qu'est-ce que vous savez faire ?

— Oh ! moi, tout ce qu'on veut. Bon coup de langue. Bon casse-noisette…

— Et par ici ?

— Au trou du cul. Ben, j'y ai été pucelle dans le temps… hi ! hi ! mais ce temps-là est loin.

— Bon. Alors faudra voir à ne pas faire l'idiote avec les clients qui vous retourneront. Convenu ?

— Tout de même… est-ce qu'il en vient beaucoup ?

— Ah ! ma petite, vous savez bien ce que c'est que les hommes. Par le temps qui court, une jolie fille a plus souvent une pine dans le derrière que dans la bouche.

4
La petite bergère

— Ici, dans ce fourré de buissons, tu peux bien te déshabiller.

— Et pis que ça sera pas long, mamzelle. J'ai pas de chemise. J'ôte mon caraco, v'là mes tétons ? J'ôte mon cotillon, v'là mon cul.

— Tu es gentille… tu es très gentille toute nue. Mais dismoi, Margot, est-ce que tu ne te laves jamais ?

— Oh ! jamais mamzelle, pour quoi faire ? J'vas toujours pieds nus, jambes nues. Sitôt lavée, je me resalirais.

— Mais plus haut, tes cuisses, Margot, tes petites fesses ?

— C'est comme le reste, vous pensez. Quand je m'assois, pour pas crotter mon cotillon, c'est mon cul que je mets par terre.

— Mais… par-devant ?

— Mon cul d'devant, mamzelle, il se lave tout seul. Il est toujours mouillé comme vous pouvez voir… Me le chatouillez pas, je vous jouirais sur le doigt… Et pis comme dit maman, c'est le foutre des garçons qui lave le cul des filles… Sauf vot' respect que je dis tout ça mamzelle. Faut pas rougir pour si peu.

— Tu en vois beaucoup, des garçons ?

— Dame, tous ceux qui me demandent, ça se refuse pas. Ils ont une pine et moi un con c'est pour mettre l'un dans l'autre, pas vrai ?

— Et ça leur fait rien que tu sois noire de crasse ?
— Au contraire. Je sens la fille. Ça les fait bander.

5

Dans la cachette

— Êtes-vous sûre que nous sommes bien cachées ? Parce que si on voyait ce que nous allons faire, je serais si honteuse ! Et qu'est-ce que dirait maman ?

— C'est la meilleure cachette du parc.

— Vous me montrerez le vôtre quand vous aurez vu le mien, c'est bien vrai ?

— Voulez-vous le voir d'abord ?

— Oh ! oui, j'aime mieux cela.

— Eh bien, je vais vous donner l'exemple, mais vous ferez tout comme moi ?

— Oui.

— C'est que quand on se le montre, il faut bien le montrer. Je lève ma jupe jusqu'ici. Faites-en autant. Plus haut. Jusqu'à la ceinture. J'écarte les jambes. Ouvrez les vôtres. Je vais baisser mon pantalon ; devinez de quelle couleur je les ai ?

— Quoi !

— Mes poils.

— Je ne sais pas… Je me sens toute rouge… Oh ! Lucienne ! vous l'avez baissé… Je peux regarder ?

— Et toucher.

— C'est chaud.

Dialogues des masturbées

1
Les bonnes habitudes

— Combien de fois, cette nuit ?

— Trois fois avant de m'endormir, et deux fois à une heure et demie quand je me suis réveillée.

— Moi, six fois. Et ce matin ?

— Deux fois dans mon lit et une fois aux cabinets.

— Moi, je ne pouvais plus, j'avais le con trop rouge, je me suis tout mis à vif.

— Montre un peu.

— Tiens. N'y touche pas, ça me cuit.

— Oh ! pauvre chat. Veux-tu que je me le fasse devant toi. Peut-être, la cochonnerie, rien que de la voir, ça te fera décharger.

— Oui ! Oui !

— Tiens, je le fais, tu vois, je… je le fais…

— Lève bien ta jupe, que je te voie. Oh… je bande… Écarte-toi bien.

— Je jouis, mon chat, je jou… is… regarde, regarde donc comme je jouis…

— Ah ! ah… j'ai déchargé toute seule… oh !… encore !…

2
Sans pines

— Tu as bien fermé la porte ?

— Oui.

— Mettons-nous bien au jour.

— Pourquoi ça ?

— Tiens, pour nous voir le con !

— Moi j'y suis, je commence déjà.

— Jouis pas avant moi.

— Sois tranquille, je me ferai durer.

— À qui est-ce que tu penses, pour décharger ?

— Je pense à des pines.

— Si on en avait une, hein.

— Tu en as déjà vu ?

— J'ai vu celle du cocher, un jour qu'il pissait dans la re-
mise.

— C'est à elle que tu penses ?

— Sûr.

— Oh ! je mouille déjà.

— Grande sale… ! moi aussi.

— Tu jouis ? dis ? Tu jouis ? moi, j'en crierais.

— Ah, ça me secoue jusque dans le dos !

— Donne-moi la serviette, mon con déborde.

3
Le jeu des deux flaques

— Joséphine !

— Madame ?

— Réveillez-vous, ma fille. Laissez, que je repousse vos draps. Là, voilà votre chemise levée. Mettez là votre main, et branlez-vous devant moi.

— Oh ! Madame qui est toute nue !

— Oui, je vais m'accroupir sur votre lit en face de vos poils et les jambes ouvertes comme vous. Nous allons essayer un jeu dont on m'a parlé. Il paraît que c'est très amusant. Nous nous branlerons l'une devant l'autre. Cela fera une petite mare sous chacun de nos cons et nous ne nous arrêterons que quand les deux flaques n'en feront plus qu'une.

— Ha !... Ha !... la mienne coule... mais c'est celle de Madame... qui est la plus grande.

— Jouis ! garce !... crache du con !

— Ah ! c'est fait ! Jésus, quelle mer !

4
La lecture au lit

— Lis encore, Germaine. Je veux le faire encore une fois.

— Commence-toi d'abord. Quand tu seras bien excitée…

— Si je le suis ! Tiens ! tiens ! Si je le suis ! regarde mon doigt.

— Alors je reprends : « Albert retira du con sa pine toute couverte du foutre de la voluptueuse Henriette. "À moi !" cria la comtesse, en prenant dans sa bouche la pine toute mouillée. Albert n'avait pas déchargé. »

— Oh ! que c'est cochon, ton petit livre ! Que ça donne envie ! Continue, ma Germaine, je vais jouir.

— « Elle le suçait avec une sorte de rage. Mais déjà Henriette avait fourré sa tête entre les cuisses de la suceuse et la gougnottait furieusement. La comtesse se tordait de désir et de volupté. Son beau cul de brune grasse et velue s'agitait sur la bouche de la petite tribale. Hector, devant ce spectacle, s'était remis à bander. "Il faut que je t'encule !" cria-t-il, et mouillant son long membre avec un peu de salive. »

— Ah !… ah ! ma chérie, tu me rends folle…

— … « Il le poussa vigoureusement dans l'anus étroit de la jeune femme. Elle voulut crier, mais au même instant, un flot envahit sa bouche, pendant que la pine d'Hector et la langue d'Henriette »…

— Arrêtez !… je jouis… je jouis… je jouis…

5
Étudiantes en médecine

— Par quel moyen stimulez-vous votre sens génital lorsque vous êtes seule, chère amie ?

— Par le moyen de toutes les jeunes filles : je suis onaniste jusqu'au bout des ongles, voyez-vous, et la masturbation clitoridienne est mon plaisir favori.

— C'est aussi le mien ; mais je voudrais savoir comment vous facilitez le glissement du médius sur le clitoris. Avez-vous une recette qui vous soit particulière ?

— Aucune. Mon clitoris entre en érection à la moindre pensée voluptueuse et en même temps mes glandes bulbo-vaginales salivent abondamment. J'humecte mon doigt dans leur sécrétion légèrement visqueuse, et cela me suffit.

— Eh bien, laissez-moi vous donner une ordonnance dont vous me remercierez demain. Mélangez : vaseline 30 grammes, farine de moutarde 5 grammes, poivre de Cayenne 2 grammes, acide borique 3 grammes. Plongez l'extrémité du médius dans ce mélange et faites une onction régulière sur le clitoris et les petites lèvres avant de commencer à vous masturber.

— La révulsion n'est pas trop douloureuse !

— Non. Non. Les doses sont faibles. J'en use tous les jours pour moi-même et j'obtiens des spasmes d'une intensité admirable avec les plus violentes éjaculations, ma chère.

6
Téléphone

— Allô !… Donnez-moi le 208-27… Allô ? 208-27 ? Oui ?

— C'est toi, Madeleine !

— Oui, Rosine… je te téléphone… je n'en peux plus… Je te téléphone de mon lit… Naniche et Yvonne sont montées dessus pour se faire minette… tu les entends…

— Oh ! les petites cochonnes ! Laquelle est-ce qui jouit si fort ? Est-il permis de crier comme ça !

— J'en suis folle… C'est Naniche qui jouit… Ne coupez pas, mademoiselle… Elle jouit sur la figure d'Yvonne qui en a les joues trempées. Moi je ne peux plus voir ça… je me branle, je me branle pour toi, Rosine, fais-le aussi.

— Oui, oui ! faisons-le par téléphone ! oh ! quelle bonne idée.

— Je suis toute nue, couchée sur le dos, et toi ? dis vite !

— Moi, je suis en robe de chambre, je l'ai ouverte, j'ai relevé ma chemise, je me branle de toutes mes forces pour jouir avant toi…

— Ce n'est pas possible… j'ai trop envie… si tu voyais mes poils… je suis inondée… Ne coupez pas, mademoiselle, branlez-vous aussi si vous voulez, mais ne coupez pas… Ah ! les petites salopes, c'est nous maintenant qui les excitons. Elles recommencent.

— Tiens ! chérie ! tiens ! je t'avais bien dit que je jouirais la première.

— Non ! Moi aussi je le fais ! C'est pour toi… pour toi…
pour toi…

7

La jeune cuisinière

— Léonie, quel plat avez-vous pu faire avec le rouleau de la cuisine ? Il est tout poissé !

— Oh ! Madame qui lèche ça ! bon vrai !

— Mais qu'est-ce que c'est ! Je ne reconnais pas au goût.

— Ce que c'est ? c'est du jus de con. Je m'ai fait jouir avec. Pis c'est pas la première fois.

— Misérable ! que me dites-vous !

— Ben, je me branle, quoi ! je fais comme Madame. Quand on n'a pas d'hommes, comment qu'il faut faire ? Madame n'a qu'à m'apprendre, si elle connaît un truc.

— Vous êtes une fille infâme !

— Non mais alors… Madame croit-elle que je vas rester comme ça depuis sept heures du matin jusqu'à dix heures du soir sans m'enfiler quelque chose entre les gigots ? C'est que Madame m'a jamais passé la langue au cul ; sans ça, elle saurait que je l'ai chaud.

— Taisez-vous ! je vous chasse.

— C'est malheureux tout de même d'entendre des conneries pareilles ! On peut pas recevoir un ami à la cuisine ! Chaque soir il faut attendre jusqu'à plus de dix heures pour avoir une queue dans le trou et on pourrait même pas s'enfiler le rouleau ? Ben vrai j'aimerais mieux servir dans un couvent que chez une tourte comme Madame.

8
Vous êtes trop gentille, Simone

— Vous êtes trop gentille, Simone, de me faire partager votre lit… Mais je vais vous scandaliser.

— Comment ça ?

— Je ne peux pas m'endormir sans me… sans me…

— Ha ! vous êtes bien bonne de me le dire ! Moi, je l'aurais fait sans vous l'avouer.

— Ah ! vous aussi ?… Mais moi je fais trembler le lit, vous savez, quand ça vient. Alors je vous ai prévenue… »

Dialogues des masturbeuses

1
Le v'là parti

— Le v'là parti ! Est-il con, ce puceau-là ! Il a un béguin pour moi, il ne peut pas seulement me relever les jupes, voir si j'ai des poils sur le cul ! Oh ! là ! là ! si ça ne fait pas chier de voir des blancs de bidet pareils, des andouilles qu'ont peur des filles.

— Et le plus pire ! c'est qu'il bandait.

— Je l'ai vu qu'il bandait, le cochon ! ça m'a fait mouiller comme une vache. Passe-moi la main là, tâte si j'ai un poil de sec.

— Ah ! mince ! on dirait une éponge.

— Mais ça ne passera pas comme ça. Moi, faut que je me finisse. Passe-moi la bougie… Pas celle-là, eh ! pochetée. Celle qu'est dans le tiroir ! que j'ai fait fondre le bout pour pas m'écorcher.

— Tu te le fais donc souvent ?

— Sois tranquille, quand je serai putain, je ne me le ferai plus ! J'aurai deux douzaines de pines tous les soirs dans les deux tuyaux du cul ; mais pour le moment, j'ai qu'une bitte en cire. Aboule-moi ça, que je me la plante ! quand on se pine soi-même on est bien servie. Regarde-moi faire ; tiens, je vais

déjà jouir ! Tiens à peine si je l'ai, je dé… je décharge, ha ! nom
de Dieu ! ha ! ha !

2

Chacune son tour

— Loute, viens ici, j'ai quelque chose à te dire.

— Oui, oui, je sais ce que c'est.

— Alors, si tu sais ce que c'est, raison de plus ; mais je parie que tu ne le sais pas.

— Quand nous causons toutes les deux, c'est toujours mon doigt qui parle et ton bouton qui écoute.

— Eh bien ?

— Eh bien ! ce soir c'est tout le contraire. Mon doigt n'a rien à te répondre et mon bouton meurt d'envie de l'entendre.

— Petite masque ! et moi qui te croyais froide !

— Je l'ai été. Mais si tu crois que tu ne m'excites pas, à bailler du ventre tous les jours devant moi.

— La putain ! la voilà qui relève ses jupes aussi !

— Tiens ! pourquoi pas !

— Allons ! couche-toi sur le dos, saleté ! Vois comme je suis gentille, je fais tout ce que tu veux.

— Il ne manquerait plus que cela !

— Je ne me trompe pas de place ?

— Ah ! ma chérie ! non, tu ne te trompes pas… va doucement, doucement… fais m'en pisser beaucoup…

3
Le doigt dans le cul

— Pas maintenant.

— Pourquoi ?

— Parce que j'ai envie…

— Du gros ?

— Mais oui. Tu te salirais tout le doigt.

— Grande bête ! Est-ce que tu crois que ça m'arrête ?

— Non, vrai tu veux le faire quand même ?

— Trousse tes jupes.

— Oh ! ce que tu es sale, ma chatte !

— Mets tes mains sur le lit pour mieux tendre tes fesses.

— Tu me vois tout, dis, maintenant, tout le chat, les poils et le petit trou.

— Il est si gentil, ton petit trou, ma chérie ; il cligne comme un œil, tiens, sens mon doigt, je le perce.

— Ah ! que c'est bon dans le cul ! que c'est bon !

— C'est vrai que tu es pleine, je sens du gras, c'est chaud !

— Oui ! remue comme cela ! fais aller ton doigt comme une pine ! Encule-moi, ma chatte adorée ! Tu me retournes toute ! J'en bande ! Ah… Ah !… je jouis.

4
Deux sœurs chez la grand-mère

— De quoi ? On n'aurait plus le droit de se branler, maintenant ?… Non, mais répète un peu, pour voir… Répète un peu !

— C'est bon. Fais à ton idée puisqu'on ne peut pas te commander.

— Sûr que je ferai à mon idée. Et puis devant toi que je la branlerai ! devant toi !… Arrive ici, Titine, on va y montrer.

— T'auras pas ce culot-là.

— Cause toujours… Tiens, tu vois ça ? c'est son bouton. Ça, c'est le trou à pine, et ça le trou à merde…

— Salope ! putain ! veux-tu te taire !

— Et ça, c'est mon pouce et trois doigts. Regarde bien, prends une leçon pour quand on sera toute seule.

— Tu voudrais pas.

— Mon pouce, j'y fous au trou du cul. Les trois doigts, dans la moniche. Pis avec un doigt de l'aut'main j'y fourbis son asticot. Et je me fous de toi ! et je t'emmerde ! et je t'invite dans la tinette quand j'aurai les fesses dessus.

Françoise, où est ma fille ?

— Françoise, où est ma fille ?

— Dans sa chambre, Madame.

— Comment elle est déjà montée pour faire ses devoirs ?

— Oh ! non, Madame ! Mademoiselle est montée se branler parce qu'elle a vu par la fenêtre un jeune homme qui lui a tapé dans l'œil.

— Ah ! la chère petite ! tout le portrait de sa mère !

— Madame veut que je ferme les rideaux ?

— Vous me devinez toujours, Françoise, vous êtes une fille dévouée… Faites l'obscurité, je ne demande pas mieux.

— Si Madame me permet de l'avouer… je venais justement de me préparer une belle carotte pour moi… mais je ne m'en suis pas servie et si Madame la veut…

— Non, je n'aime pas les carottes, c'est trop froid. Prenez vos doigts… Ah !… oui, comme cela jusqu'au fond, jusqu'au fond !

6
La première banane

— Attends seulement que je chauffe la banane dans mon cul, pour qu'elle ne te fasse pas froid.

— Oh ! mais dis donc, tu te baises avec !

— Vas-tu pas être jalouse, petite couillonne ! Dirait-on pas qu'elle te fait des queues avec moi, ta banane ! Je me refroidis mon moule à pine pour te fourrer l'andouille toute chaude, et tu m'engueules ? Asticot ! Dis un mot de plus et je me finis !

— Non ! mets-la-moi ! mets-la-moi vite !

— Et où çà que je la mettrais ? Tâche de prendre la pose mieux que ça, espèce de pucelle à dix-neuf sous, t'as donc jamais fait suer un mec sur ta boudine, que tu sais pas seulement te débrider la moniche ?

— Comment qu'il faut faire ? Je baise comme ça.

— Lève tes guibolles, empotée ! Tes genoux sous les bras ! Ton cul large ouvert ! Là ! maintenant, vois-tu comme ça rentre !

— Oh ! c'est-y possible ! On dirait une queue

— Tu parles ! et raide, encore ! et qu'elle ne débandera pas ! Veux-tu que je te tire deux coups !

— Ah !… ha… ha… je jouis… ha !… oui, tire deux coups ha ! que c'est bon… là… là… que c'est dur…

Il faut bien branler les jeunes filles

— Je suis tranquille dans ma nouvelle place parce que je n'ai qu'une gosse à branler.

— Tu peux le dire que t'as de la veine. Moi, chez mes maîtres, j'en ai trois, des filles, qu'il faut leur faire ça du matin au soir, et je crois que plus ça pousse plus elles ont le cul chaud. À la fin de la journée j'en ai mal au doigt.

— La mienne a douze ans. Crois-tu qu'elle savait pas le faire, que c'est moi qui y a montré le truc ?

— Pas possible ?

— Mais oui. Maintenant, elle en veut sans cesse, mais comme elle est toute seule, ça me fatigue pas. Pis je me fais payer.

— Comment ?

— J'y apprends à me bouffer le cul, et quand c'est fait, je la branle pour la récompenser.

— T'es maline, toi. Donnant, donnant.

— Pas tant que ça. Pour deux fois par jour qu'elle me bouffe, je la branle bien six coups si ce n'est pas plus. Ça m'excite de l'esquinter. Je la réveille deux fois la nuit. Et elle devient maigre, si tu voyais ça !

— Fais-la donc crever, t'auras moins d'ouvrage.

8
Instruction laïque, gratuite et obligatoire

— Petite connaude, tu crois pas qu'il va te dépuceler parce que je le branlerai sur ta moniche sans poil !

— Non, mais prends bien garde.

— Crains rien. Je vais y frotter le bout de la queue sur ton petit bouton. Ça te branlera aussi ; et on va jouer à qui jouira le premier. Tâche que ça soit toi.

— Je veux bien. J'ai envie.

— Tu vois que t'as envie ! Si t'étais sur le pieu toute seule t'aurais déjà le doigt dans le cul, pas vrai ? Eh ben ? c'est pas plus joli de se branler avec une pine qu'avec le doigt, dis, ma gosse ?

— Si. C'est plus cochon.

— Alors, fais beau cul. Ouvre bien les cuisses. Plus que ça, qu'il voie bien ta fente. Là, à présent, sens comme je le frotte tout du long de ton pucelage. Dis donc si c'est bon, nigaude !

— C'est bon.

— Si t'étais plus dessalée, t'empoignerais la queue toi-même et tu la planterais là, qu'il t'encule un petit peu, sans toucher à ta moniche ; mais ça sera pour une autre fois… Jouis bien, ma cocotte, je te branle comme une reine. Lui aussi, il va décharger. Et toi ?

— Ça va venir… fais encore, encore… plus vite… ah ! ah ! ah !…

— Tiens, saleté, sens-tu comme il te pisse du foutre sur le bouton.

9
Une déclaration

— Alice, puisque je suis saoule, j'aime autant te dire tout. J'ai un béguin pour toi.

— Voyez-vous ça ! Zizi qui devient gousse !

— Non, j'aime pas les autres filles ; mais toi, quand je t'embrasse, ça me fait mouiller. Et le soir quand je me branle, c'est à toi que je pense.

— Faut-il que tu sois paf pour dire des choses pareilles.

— Serre pas les cuisses, dis ? laisse-moi te peloter.

— Quoi ? Tu sais bien ce que c'est qu'un chat. J'en ai un comme toi. Ça n'a rien de curieux.

— Si. Laisse… Je suis saoule, il faut me laisser faire. Oh ! tes poils sont doux comme de la soie… Mais dis donc… tu mouilles aussi…

— Tiens ! tu me fourres deux doigts dans le cul, je serais rien froide si je ne mouillais pas.

— Oh ! dis ! tu veux bien que je te branle ? J'ai envie de te faire jouir… Embrasse-moi… Ta langue dans ma bouche pour que je sente bien quand ça viendra… oui, oui, branle-moi aussi, mon Alice… Ha !… ha !… ha !…

— Petite putain, tu m'as fait bien jouir. Viens chez maman. On couchera nous deux.

Dialogues des lécheuses

1
L'essai préalable

— Oh ! je remercie bien Madame, qu'elle a dit à la nouvelle fille de cuisine que son lit était pas prêt et qu'elle couche avec moi.

— Alors ça s'est bien passé ? Racontez-moi ça !

— Quand on a été couchées, la lumière éteinte, je l'ai empoignée par les poils, comme de juste…

— Elle en a déjà ?

— Ça pousse. Je lui ai pris la motte par la barbichette, vous croyez que ça l'a gênée ? Elle a fait tout bas : « Maman on me viole ! » et puis elle a ouvert les cuisses… Ah ! si j'avais été un homme ça n'aurait pas été difficile d'enfiler cette gamine-là ! Le temps de l'appeler putain j'avais déjà le doigt dedans.

— Pas de pucelage ?

— Madame veut rire. Mais tout de même un gentil petit chat. Avec un doigt, on le remplit et on touche le fond tout de suite.

— Jouisseuse ?

— Ah ! la petite cochonne ! Et câline ! J'ai pas eu besoin d'y demander. Sitôt qu'elle a eu mon doigt dedans elle m'a branlée, et elle s'y entend, ah ! là ! là ! Je peux dire que quand j'ai joui, j'ai pas perdu mon coup. Elle est gousse dans le sang, cette gosse-là. Moi, j'ai pas voulu y demander sa langue pour que Madame en ait l'étrenne, mais…

Le troisième mamelon

— Monte sur mon lit, grosse sale. Monte ici, que je te lèche.

— C'est toujours mon con ? Il n'a pas changé depuis la semaine dernière ?

— Non, il n'a pas changé. Il est toujours gras et poilu. Tiens, toute ma langue dedans comme une pine.

— N'oublie pas le bouton.

— Ton bouton ? je le mangerais.

— Ah ! tu me fais mal, tu mords ! pas si fort, ma chérie, tu vas le couper… Ah !… je le fais… je décharge… tiens, mon foutre. Ah ! je le sens couler…

— Tu jouis trop vite, tu vas jouir encore, je le veux.

— Oh ! oui encore…

— Je te bois, mon amour. Je te bois…

— Tiens, tiens…

— C'est comme du lait… tu es ma nourrice. Dieu ! comme tu jouis !

— Je suis rompue.

3
Pendant que tu fais ta prière

— Pendant que tu fais ta prière, laisse-moi essayer quelque chose.

— Je suis sûre que c'est quelque chose de sale.

— Probablement.

— Et quoi encore ?

— Comment, tu te mets à genoux devant moi, tu tends le cul comme si tu voulais te faire enculer et tu ne veux pas que je lèche ?

— Oh ! pas là !

— Mais si, là ! tiens, sens ma langue, petite chérie, sens-la qui te torche le trou du cul…

— Oh ! mais elle pousse, elle pousse, elle va entrer.

— Oui, figure-toi que c'est une pine !

— Mais, chérie, mais tu m'encules… Oh ! que ta langue est dure, elle me transperce… J'en ai au moins long comme le pouce, dans moi… Oh ! que c'est doux ! et que cela excite… Oh ! elle me lèche dedans… la sale… oui… oui… branle-moi en même temps… je mouille comme une fontaine… Ha ! ha ! comme je jouis !… ha ! comme je jouis !

4

La parfaite femme de chambre

— Madame, c'est moi la femme de chambre qu'on vous a parlé.

— Ah !... Vous avez des certificats ?

— J'en ai de mes premières places ; mais Madame voudra bien comprendre que pour apprendre mon petit talent j'ai été depuis dans une maison où qu'on ne vous donne pas de papiers.

— La porte est fermée ?

— N'ayez crainte… Et puis je parle tout bas… On m'a dit les goûts de Madame. Je suis au courant du service… Et, jolie comme Madame l'est, Madame peut compter que ça sera tout plaisir pour moi.

— Vous n'avez pas d'amant ?

— Oh ! Madame !

— Pas d'amie ?

— Ça, c'est autre chose.

— Eh bien, il faudra la quitter. Vous savez cela ?

— Oui, Madame. Et habiter dans l'appartement, on me l'a dit. Et être gentille tous les soirs jusqu'à trois heures du matin… Monsieur vient de sortir. Si Madame veut en profiter pour avoir un échantillon de mon savoir-faire, je vais ôter mon chapeau.

5
Au bordel

— Petite polissonne, c'est comme ça que tu viens chercher les femmes dans les maisons ?

— Oui… tu vois.

— Et tu aimes les brunes ?… ah ! petite cochonne. Tiens, pelote-les, mes gros tétons, prends-les dans les mains… Alors nous allons faire des grosses polissonneries, nous deux ?

— Qu'est-ce que tu sais faire ?

— Tout ce que tu voudras, ma belle. Je serai bien salope, je te ferai tout ce que tu aimes. Mais aussi tu seras bien gentille !… Tu sais, avec les dames c'est pas comme avec les messieurs. Il faudra me faire bien riche, ma petite femme. Qu'est-ce que tu me donneras ?

— Ma langue.

— Et puis deux louis avec ? Veux-tu te coucher ?

— Dis-moi ce que tu me donneras, ma poulette… Tu dois bien comprendre… Ces choses-là sont pas ordinaires… On ne les fait pas avec tout le monde… Dis-moi ce que tu me donneras et je te ferai bien jouir, bien décharger.

— Zut ! fais monter une autre femme.

6

Pupille de l'Assistance publique

— Moi, je n'ai plus besoin de personne, depuis que j'ai ma petite Sixi.

— Qu'est-ce que c'est que ta petite Sixi ?

— Une pupille de l'Assistance publique que j'ai recueillie, adoptée… En faisant un jour une visite de charité, j'ai causé avec la directrice. Elle m'a parlé d'une enfant de douze ans qui était corrompue jusqu'aux moelles, un ferment de vice dans les dortoirs… Je l'ai adoptée pour la sauver.

— Et tu te fais gousser par elle ?

— Tu parles, ma chère ! Les deux trous.

— Quelle abomination ! Il te faut des enfants de douze ans, maintenant, c'est honteux !

— Douze ans, c'est le bon âge, tu ne sais pas. Si tu voyais comme elle me lèche le cul de bon cœur ! Aussitôt que je suis sur mon lit sa petite bouche est dans mes poils, et lap ! lap ! lap !… ha ! ha ! ha !…

— Elle ne doit pas savoir.

— Y a mieux comme coup de langue, mais je ne peux pas te dire, elle m'excite plus qu'une femme. Je mouille pour elle.

— Et tu le lui rends ? tu lui fais minette ?

— Pas la peine. Elle se branle tout le temps.

7

Renseignements sur un cul de gousse

— T'as aussi bouffé l'cul d'la fille à la patronne ?

— Non, c'est pour ce soir qu'a m'a dit d'rester. Tu y as fait, toi ? Oh ! dis-moi, c'ment qu'elle est, que je sache !… Elle est dépucelée, dis ?

— Dépucelée ? Tu parles qu'elle est dépucelée ! Si tu voyais la connasse qu'elle a ! j'y fourre la main comme dans ma poche.

— Mais elle a pas vingt ans ?

— Eh ben, elle a un entonnoir, je ne te dis que ça ! Et pis, tu ne sais pas ce qui t'attend, ma gosse. L'soir que j'y ai été, elle m'a couchée à poil sur le pieu, en soixante-neuf, elle sur moi. Un cul mouillé, mais mouillé à croire que la queue en sortait, tant que ça l'excitait, la gousserie. Elle me bavait dessus, je l'avais pas touchée.

— Ah ! mince !

— Attends, t'as pas fini : j'y donne un coup de langue… j'la fous en chaleur, et alors tu peux pas deviner ce qu'il lui a sorti du con : on aurait dit la gueule d'une soularde qui dégobillait du sirop, et tout ça dans ma bouche, la vache. "Merde alors, vous vous êtes donc pas branlée depuis trois jours ?" que je l'y ai dit…

Dialogues des phallophores

1
Albertine, montrez votre cul à Simone

— Albertine, montrez votre cul à Simone.

— Oh ! Mamzelle Christine ! Mon Dieu ! faut-il s'entendre dire des choses pareilles parce qu'on est en place ! Vrai ! Mamzelle me fait rougir.

— N'essayez pas de filer. La porte est fermée à double tour. Vous allez me montrer votre cul, ou je raconte à maman comment vous léchez le mien… Tout de suite ! Albertine ! Voulez-vous montrer votre cul !

— Oh ! que Mamzelle est donc contrariante ! Je ne sais pas même s'il faut que je me trousse devant ou derrière.

— Penchez-vous sur le lit. Je le ferai pour vous. Tiens, Simone, tu vois : pas de pantalon. Regarde comme elle a de jolies fesses, et des poils tout le long de la raie. À la pension nous n'avions pas une amie aussi poilue que cette fille-là. Vois-tu, quand j'ouvre les fesses ?

— Oh ! Mamzelle… Mamzelle…

— Creusez les reins ! Allons donc ! mieux que ça ! Tiens, Simone, regarde le con. Est-il beau ! est-il rougi, est-il chevelu ! ce n'est pas pour toi, petite cochonne, c'est à moi, ce con, à ma langue toute seule… Tu en veux ?… Goûtes-y… C'est bon ?…

Assez, assez, tu le ferais jouir. Je ne veux pas qu'elle décharge
pour toi.

2
Rêverie du matin

— Qui est là ? qui est là ?

— C'est moi, Simone.

— Alors entre.

— Comment tu es encore couchée ? Mais qu'est-ce que tu as ? Comme tu es rouge ! Que se passe-t-il ?

— Je ne sais pas si je devrais te le dire…

— Ah ! dis-le-moi, chérie, dis vite.

— Lève mes draps, tu verras toi-même.

— Lever tes… Ah ! mon Dieu ! elle a un godemiché dans le ventre… Eh bien ! si je m'attendais à ça je veux bien être pendue… Voyez-vous la petite sainte nitouche ! On la trouve couchée toute seule, toute sage dans un lit bien fait et elle a une grosse pine entre les cuisses… Fi ! la laide ! Fi ! la vilaine !… tu me la prêteras, ta pine, quand tu auras fini, veux-tu ?

— Ah ! Ah !

— Je suis toute mouillée… dépêche-toi, ma loute…

— Finissez-moi vous-même, ma chère, puisque vous êtes si pressée.

— Et après ? je l'aurai !

— Bien sûr !

3
Joli costume pour une jeune fille

— Oh ! Charlotte ! grande dégoûtante ! sale fille la plus sale du monde ! tu n'as pas de honte de te promener comme ça ?

— De quoi ? parce qu'on se balade à poil avec un gode-miché dans le trou du cul, Mademoiselle fait son offusquée ? Faudrait peut-être mettre des feuilles de vigne pour entrer dans ta chambre !

— Tu n'as pas de pudeur, je te dis.

— D'abord pourquoi est-ce que je ne me foutrais pas un godemiché dans le derrière ? Tu y mets bien la langue, toi.

— Ce n'est pas la même chose.

— Tu ne vois pas comme ça me va bien ? moi, je trouve que ça me complète d'avoir une pine entre les fesses. Regarde quand je me tourne, regarde comme je suis chic. Avec ça et une fleur dans les cheveux je suis habillée.

— Saleté !

— Écoute, ma gosse ? Blague dans le coin. J'étais sur ma chaise longue en train de m'enculer toute seule et puis ça ne m'amusait pas. Veux-tu me le remuer toi-même ! Touche pas au bouton, je m'en charge.

4
Zélie changée en homme

— Faites-moi ça dare-dare, ma petite Zélie, il y a trop de monde dans la boutique, faut pas que je reste longtemps montée.

— Mais je suis toute prête, madame, vous voyez bien. Sitôt que vous m'avez dit ça à l'oreille…

— Tu as compris ?

— Tiens ! Du moment que vous me disiez de préparer le godemiché, c'était pas difficile à comprendre.

— Ah ! ma petite, comme il était bel homme ce grand brun. Plus qu'il me parlait plus que je mouillais. Ma chère, j'ai les cuisses trempées, tâtez voir. J'avais tout le temps envie de lui dire : « Mais venez donc ! » Ah ! bien oui ! il a payé la paire de gants, et puis bernique. Il est parti…

— Oui, oui, c'est moi qui le remplace, je devine bien. Elle est bien montée, la petite Zélie. Une belle queue, n'est-ce pas, madame ! Et regardez comme elle est en l'air sitôt que vous relevez vos jupes.

— Ah ! mets-la-moi, mon enfant, je n'en peux plus !

— Dirigez-la vous-même, madame. C'est bête, mais j'ai pas encore bien l'habitude d'être gigolo et je peux pas seulement trouver le trou.

5

Scène de jalousie

— Mais puisque c'est convenu qu'il me le fera toujours par-derrière !… Écoute, mon amour, faut être raisonnable. Tu ne voulais pas que je lui donne mon chat.

— Naturellement ! Je veux pas qu'il aille fourrer sa queue dans l'endroit où je mets ma bouche.

— Tu ne veux pas non plus que je lui donne ma bouche.

— Non, mais quoi ? Sale petite putain, crois-tu que je voudrais encore frotter mon cul sur tes lèvres si elles étaient empestées par cette dégoûtation de foutre d'homme qui sent la peau de bouc et le chat en chaleur ! Sucer ton entreteneur ! Il ne manquerait plus que ça ! Ne me le répète pas, salope ! je te fous une paire de gifles !

— Il faut pourtant bien que je lui donne quelque chose à ce garçon, pour deux cents louis qu'il me promet pour moi.

— Tu veux te faire enculer ? Fais-toi enculer ! Ça te va ! Mais je te garantis une chose, c'est que je t'enculerai d'abord et pas plus tard que tout de suite, avec mon godemiché neuf.

— Oh ! tu vas me faire mal avec ça !

— Oui, tu ne t'occupes pas de savoir si il te fera mal avec sa pine. Ouvre tes fesses, saloperie, je te les dépucellerai plutôt six fois qu'une, et même dans ta merde il n'aura que mes restes !

6
Duo d'amour

— Et regarde si je bande !

— Oh ! cochonne ! je peux pas te dire ce que tu m'excites quand je te vois comme ça.

— Les hommes seraient plus beaux avec des nichons, pas ?

— Oh ! oui ! et avec deux trous sous les couilles ! surtout ! Ma gousse, ma gousse ! quand tu me baises et que je te fourre deux doigts dans le con, je peux pas te dire ce que ça me fait dans le mien. Avant que t'aies rien fait, je commence à jouir.

— Prends garde à tes ongles.

— J'en ai pas. Laisse-moi aussi, doucement, doucement, un doigt dans le trou du cul… ha ! que t'es gentille ! Et par-devant je suis tout au fond, je sens ta matrice qui mouille sous ta pine toute raide. Ha ! cochonne ! Mets-la-moi ! viens vite !

— Si tu me branles si loin, ça va me distraire, je ne te baiserai pas si bien.

— Pas besoin ! Je jouis d'avance. Enfonce-la loin, dis, loin, ça vient… Je veux que tu jouisses avec moi… Tiens ! Tiens !… Ha ! ma gousse ! et je te sens pisser de l'amour dans mes doigts ! Recommence ! dis ! fais deux fois ! J'ai encore plus envie ! Ha !… ha… ha !…

Dialogues des goules

1
Quand les parents sont en voyage

— Mamzelle Madeleine, voulez-vous pas enculer votre petit frère avec le godemiché que je vous ai donné !

— Léontine, fous-nous la paix.

— Non, je ne vous la foutrai pas ! Vous êtes trop dégoûtante à la fin. Quoi que dirait Madame, si elle voyait ça !

— Maman ? Elle est à Colombo, en train de se faire baiser par des Cinghalais, probable ! Elle pense guère à nous.

— Quel malheur que j'ai eu de vous donner c't'outil-là, bon Dieu ! Si j'avais pu penser que vous étiez plus putain que moi ! À quinze ans, faut-il que vous ayez du vice ! Je vous avais prêté ça pour faire joujou ! V'là que vous avez dépucelé vos deux sœurs et pis que vous enculez vot' frère !

— Tiens ! il m'a assez enculée toute la nuit dernière, le petit saligaud ! C'est son tour de le lui rendre !

— Comment ! V'là c'que vous faites quand vous couchez ensemble ! Dieu de Dieu ! Quelle idée que j'ai eue ! Moi je ne suis que la fille d'un maçon, mais quand je me couchais avec mon frère, je faisais rien que d'y branler la pine.

— Je la lui branle aussi, par-dessous, et regarde comme il bande, le cochon ! Ferme ça, Léontine, et vide le bidet. Y a

tant de foutre dans l'eau qu'on ne peut plus se laver le cul.
— Quel bordel ! Quel bordel que c'te maison-là !

2
Pas plus difficile que ça

— Combien qu'il t'a donné ?

— Une thune.

— Oh ! C'que t'en as de la chance ! Moi, maman ne veut pas que je suce avant ma première communion.

— Godiche !… Et t'écoutes ? On s'en fout, voyons.

— J'ose pas. Pis, je l'ai jamais fait, j'ai peur de rendre.

— On n'a pas besoin d'avaler !… Écoute que je te dise ; t'ouvres la braguette du pante, t'y sors sa queue. Si qu'il bande pas, tu te branles une minute en y disant des saloperies : « Cochon, que t'y dis, tu fous les petites mômes dans la bouche. Gros polisson, tu vas m'en faire siffler, du sirop de couillons. » Enfin quoi, des conneries. Et pis tu retrousses ta jupe, tu y fais peloter ton cul. Attention seulement qu'il ait pas d'ongle… Quand qu'il est bien raide, tu chopes son nœud dans ta bouche comme qui dirait un sucre d'orge et tu suces en remuant la tête. Sitôt qu'il a fini de juter, tu mollardes son paquet de blanc et tu y dis : « Bonsoir chéri. » C'est pas plus difficile que ça.

3
Saoule de foutre

— Tiens ! Nestine !

— Tiens ! Blanchette !

— Ça va toujours bien !

— Comme tu vois.

— Qu'est-ce que tu fous là !

— Eh j'pisse.

— Même que t'en pisses long !

— Je pisse mon vin.

— Quoi qu't'as donc bu ?

— Six verres.

— T'as bu que six verres et t'en pisses tant !

— Tu vois.

— Mince, alors ! qu'est-ce que j'vas pisser, moi !

— Quoi ! je te l'ai dit, tu peux bien me le dire.

— C'est pas la même chose.

— Quoi ce que c'est ! J'ai bu…

— C'est pas la même chose.

— Quoi ce que c'est ! J'ai bu…

— Accouche donc, nom de Dieu !

— Dix-huit clients… Trente-six couilles.

Coin de rue

— Ah ! Quelle chierie de métier !

— Qu'est-ce qu'on t'a fait ?

— On m'a fait que j'en ai basta de me monter du blanc dans la bouche à six fois l'heure. Avec les michés de Paris c'est toujours la même chanson. « Allez ! embrasse-la-moi… J'aime pas baiser, j'aime mieux une plume. » Ma parole, je sais pas pourquoi c'est faire que j'ai un con.

— Pour pisser. Mes clients c'est la même chose. « Baiser ? macache ; suce-moi un coup. » Et y en a pas un sur douze qu'a la politesse de vous bouffer le cul pour la peine.

— Ma petite, tu me croiras si tu veux, mais aujourd'hui samedi, j'en ai fait onze de pantes, eh bien, sur onze hommes, onze plumes. Ah ! tu sais, la onzième pine qui m'a pissé dans la bouche, j'ai cru que j'allais dégobiller.

— Là ! là ! je te crois que c'est dégueulasse. Et tout le monde n'a pas le foutre bon.

— Mais bordel de nom de Dieu, j'ai seize ans, nom de Dieu de merde ! avec quoi que je turbinerai quand ça sera que j'en aurai cinquante !

5
Mamzelle Lili n'est pas sage

— Madame devrait bien venir à la cuisine, voir un peu. Mamzelle Lili n'est pas sage.

— Qu'est-ce qu'elle fait, la pauvre chérie ?

— Elle va pomper la queue de tous les valets de chambre dans l'escalier de service, et elle vient cracher ça dans la sauce du poisson, à cause que c'est du blanc de maquereau.

— Empêchez-la, cela vous regarde.

— Quand on veut l'empêcher elle vous le crache à la figure. J'ai essayé de lui donner le fouet ! elle m'a pissé dans la main…

— Lui donner le fouet ! vous avez de l'audace !

— Mais Madame, j'avais du foutre plein les yeux qu'elle m'avait mollardé dessus, croyez-vous ! et puis elle me tirait les poils à travers ma jupe à me les arracher.

— Aussi pourquoi êtes-vous si poilue ?

— Tiens ! c'est-y de ma faute à moi si j'ai du poil au cul maintenant et si toute la maison décharge dans la bouche de Mademoiselle ! Oh ! moi je ne veux plus rester ici, je demande mon compte.

6

Au bal

— D'où viens-tu, Yvonne ? Du jardin ! C'est comme ça que tu t'éclipses du bal ? Tu viens de sucer quelqu'un ?

— Et toi ?

— Moi personne ; mais toi, réponds, qui est-ce ?

— Maurice.

— Gourmande !

— Ah ! tu en as goûté aussi, donc ?

— Qui est-ce qui n'a pas sucé Maurice ? c'est une crème, ma chère. First quality, qu'en dis-tu ?

— Pas mauvais.

— Et il t'en a donné beaucoup ?

— Sept petites gorgées.

— À la bonne heure, on a le temps de savourer. Mais en attendant, le voilà défloré pour ce soir, car je ne veux pas sucer tes restes, ma chère, j'aime les bonnes doses.

— Oh ! à trois heures du matin ! si tu trouves un danseur qui ait encore les couilles pleines, ma petite, tu auras de la chance.

— Et ton frère ?

— Naïve enfant ! tu, crois donc que je ne l'ai pas sucé avant de sortir !

À travers la cloison

— Que je te fasse rigoler, Justine. Tu sais que ma chambre est porte à porte avec celle du fils à mes maîtres, seulement le gosse on l'enferme à clef, peur qu'il vienne coucher dans mon lit.

— Sûr qu'il irait ! Il bande assez pour tes gros tétons, ce gosse-là. Quand tu le ramènes du lycée ; on croirait ton bon ami.

— Écoute donc ! Tu vas voir mon truc. Y a dans la cloison une petite plaque de tôle, où que les anciens locataires passaient un tuyau de poêle. Tous les soirs, je dévisse la plaque…

— Oh ! la maligne ! Oh ! c'que tu la connais ! Ben vrai !

— Il passe le bras par le trou, il pelote bien mon cul tout partout, il fout ses doigts dedans, il me fait mouiller, et quand je suis bien excitée, j'y dis de passer sa queue à la place, et j'y pompe.

— Il décharge déjà ?

— Comme un homme. Et un bon petit foutre, tu sais ; quand ça me dégouline dans la gargoulette, ça me fait de l'effet jusqu'aux babines du chat ; alors il me repasse sa main et je me branle avec son doigt jusqu'à la pissée.

— N'en v'là des inventions ! C'est souvent que tu le fais ?

— Tiens ! Autant de fois que j'ai envie de jouir. Moi, j'ai vingt-deux ans, j'ai le cul chaud.

8
Fatuité

— Va donc ! Moi qui suis pucelle, j'en ai fait plus que toi ! Tu sais pas ce que c'est que d'avoir du vice.

— Je sais pas ce que c'est ? Ben mince ! Je me fais baiser et enculer, je pompe la queue aux garçons, je bouffe le cul des filles, je me branle avec des plumes de paon. Qu'est-ce que t'as fait de plus ? Dis-le voir.

— Non ! Tu ferais la dégoûtée.

— Penses-tu ! Dégoûtée ! c'est bon pour une pucelle comme toi. Allons raconte.

— C'était dimanche. On était couchées, moi et ma gousse, et puis on avait pris son frère pour nous enculer pendant qu'on se boufferait.

— Ça, on me l'a fait. Crois pas que tu l'as inventé !

— Attends voir. Il m'a enculée d'abord, pis sa sœur après, et pis encore moi, et pis encore sa sœur. Seulement, le quatrième coup il fouillait dans le cul depuis dix minutes, il arrivait pas à jouir. Alors il m'a dit : « Chiche que t'es dégoûtée de ta gousse ! » J'ai fait : « Chiche que non ? » Alors il me fait : « Chiche que si je me décule, tu ne me pompes pas la queue sans que je me lave ! » J'ai fait : « Chiche que si ! » Il a sorti sa queue, si t'avais vu ça, y avait tellement de caca autour, qu'on aurait dit un étron.

— Et tu as sucé ?

— La merde avec le foutre. Va donc, t'en as jamais fait autant.

En vacances

— Telle que je te connais, Charlotte, depuis huit jours que tu es ici, tu dois avoir sucé tout le monde.

— Tu penses.

— Mais moi j'arrive. Donne-moi des renseignements.

— Complets. Tant que tu voudras. Pose tes questions.

— Fernand ?

— Ordinaire. Une pine comme toutes les pines. Un jus fade. On a pompé cinquante garçons comme ça. Rien d'excitant.

— Marcel ?

— Pas mauvais. Une pine douce, douce, agréable à téter.

— Richard ?

— Oui, fais attention à ton corsage. Il décharge comme un cheval, on n'a pas le temps d'avaler. Moi je n'étais pas prévenue, j'ai bavé comme un bébé.

— Antoine ?

— Oh ! celui-là, ma bonne, si tu voyais sa queue ? Je n'ai jamais rien peloté d'aussi gros. Il n'a pu entrer que la tête et j'en avais plein la bouche. Et puis il jouit bien, lui aussi.

— Michel ?

— Tu sais qu'il encule Suzanne ? Ça ne te fait rien.

— Oh ! alors... Écoute... Quand j'aurai fait minette à Suzy, soit, mais jusque-là, tu comprends, j'aime mieux ne pas avoir ses restes.

10
La confession interrompue

— Ça c'est rien à côté de ce qui m'est arrivé une fois dans l'église de Bougival.

— Dans l'église ?

— Tu vas voir. J'avais onze ans, j'étais au catéchisme. Le curé m'avait dit de venir me confesser un lundi à une heure… À cette heure-là y a personne dans l'église. Je viens, je me mets à genoux, je dis le Je me confesse à Dieu et tout le boniment, pis je commence à déballer mes petits péchés, que je suçais la pine à tout le monde…

— À onze ans ? tu t'y es pris de bonne heure !

— Quoi, y a pas de mal, j'avais mon pucelage. Alors y me demande si j'aime ça, j'y dis qu'oui. Y demande si j'avale, j'y dis qu'oui. Et tout d'un coup, v'là t'y pas qui passe sa queue par le grillage et qui m'dit : « Montre comment qu'tu fais. »

— Ben, merde, il n'avait pas la trouille.

— Moi, je m'en foutais ; quand j'ai eu la queue, je l'ai gobée. Mais ma chère, si t'avais vu l'coup ! V'là t'y pas qu'il bande, qu'il se gonfle, et le grillage était trop étroit ! Il pouvait plus décharger ni retirer sa pine, ni débander, ni rien ! « Ôte ta bouche, qu'il disait, ne suce plus ! » Moi, j'rigolais ! Plus qu'il se tortillait derrière la grille plus que j'pompais par-devant… heureusement pour lui que le grillage était en bois. Il l'a cassé avec ses mains, et alors… ah ! nom de Dieu c'qu'il m'en a pissé dans la bouche ! Moitié foutre et moitié sang !

11
La main chaude réformé

— La plus chic main chaude, c'est comme ça : celle qui y est se met la tête au mur, les jupes troussées sur les reins ; un garçon lui fourre la pine au cul, et faut qu'elle devine qui c'est.

— Oh ! quoi ! c'est pas difficile. Vaut mieux jouer comme chez Léontine.

— Comment qu'on joue chez Léontine ?

— Ben, suppose que tu y es. On te bande les yeux. Gustave m'enfile un moment, sans jouir, histoire de se mouiller, pis il te fiche sa queue dans la bouche et, faut que tu dises : c'est Gustave qu'a piné Jeanne.

— Oh ! mais moi je saurais pas. J'ai pas bouffé le cul de toutes les mômes d'ici. Je sais pas leur odeur.

— Tant mieux, ça te l'apprendra. Faut bien perdre avant de gagner. Laisse-toi bander les yeux… Là… Ouvre la bouche. V'là une pine. À qui qu'elle est ?

— À Julot.

— Tu la connais celle-là. Et de quel cul qu'a sort ?

— Du cul de Régina.

— Pas vrai ! C'est du cul de Berthe ! T'as perdu ! Pompe la queue et bouffe le blanc. On va t'en passer une autre.

Dialogues des amoureuses

1
Paroles à la suceuse

— Princesse, pendant que vous avez ma pine dans la bouche, je veux vous dire vos vérités. J'ai baisé plus de douze cents femmes, c'est-à-dire que vous me sucez en ce moment les restes de douze cents cons plus ou moins prostitués, gluants et vérolés.

— Vous ne réussirez pas à me dégoûter. Je vous suce.

— Ne le répétez pas ; mais j'aime les bonnes.

— Moi aussi.

— Je ne peux pas voir la cuisinière sans relever son tablier, ses jupes, sa chemise sale, pour lui fourrer ma pine dans le con.

— Et moi la langue.

— Quand je dis dans le con, c'est une façon de parler. Ces filles sont d'une telle docilité… J'ai en ce moment à mon service une petite Bretonne de seize ans qui se laisse enculer comme une chèvre.

— Ne vous vantez pas. Elles le font toutes.

— Vous me sucez délicieusement, mais vous n'avez pas la bouche aussi étroite que le trou de son cul.

— Voulez-vous le mien ?

— Et le matin, quand elle me le présente avant de chier…

— Vous croyez me répugner, vous m'excitez, mon cher.
Dites encore un mot et je décharge.

2
La pine mystérieuse

— C'est drôle ce qui m'est arrivé, tout de même. J'étais à quatre pattes près de mon lit, je cherchais une bague, et tu sais dans cette position-là, on ne cache pas souvent ce qu'on a de fendu…

— Montre un peu comme tu étais.

— Tiens, comme ça, madame. N'empèse pas ton pantalon, ton mari te ferait une scène.

— Oh ! je ne m'excite pas. Je ne voulais que juger.

— Eh bien j'étais donc à genoux, le cul plus haut que la tête, quand tout à coup je me sens enfilée. Oh ! mais ma petite, un morceau ! Je n'en ai jamais senti si long.

— Comment s'appelle-t-il ?

— Ah ! bien ! si tu crois que je me suis retournée ! J'ai joué des fesses, oui. Je lui ai vidé ça en cinq minutes, ma petite, comme la bouche. Seulement quand il m'a joui dedans, ça m'a tellement électrisée que je me suis trouvée mal. Quand je suis revenue à moi j'étais seule, mais mon bidet te dira si j'ai rêvé, viens voir.

Le godemiché derrière la baiseuse

— Tu rebandes ?

— Il me semble que ça se voit.

— Oui, cochon !… Remets-la-moi, dis.

— Je suis fatigué.

— C'est bon. Reste sur le dos. Je vais me la fourrer dans le ventre et je ferai tous les mouvements… Oh ! dis ! veux-tu faire une chose ? Prends mon godemiché sous mon traversin, et fourre-le-moi dans le trou du cul pendant que je baiserai, le dos tourné.

— Je ne t'ai pas enculée d'aujourd'hui et ça te manque ! Putain ! Ose donc le dire que tu n'aimes pas ça !

— Non, j'aime pas ça tout seul dans le cul ; mais les deux ensemble, tu comprends, la pine par-devant, le godemiché derrière, et quand je branle mon bouton par-dessus le marché…

— Rien que ça !

— Oh ! ben dis donc ! V'là sept fois que je décharge depuis le souper. Faut bien inventer quéque chose pour que je pisse encore un petit verre de jus… Là ! ta queue y est bien. Pousse la fausse bitte, pousse donc ! Aïe ! tiens, ça vient, salop ! Pas besoin de m'arçonner.

4
Bonne d'hôtel

— C'est tout ce que Monsieur a besoin ?

— Non…

— Ah ! Je savais bien…

— Qu'est-ce que vous saviez ?

— Je pensais… voilà Monsieur qui vient de faire dix-huit heures de chemin de fer tout seul, il va pas s'endormir comme ça tout sec…

— C'est tout mouillé ce que je tiens là cochonne. Qu'est-ce qui t'excite comme ça ?

— Vous ! tiens donc !

— Tu as envie ?

— Oui.

— Mais tu l'as fait aujourd'hui ?

— Non, ni hier… Otez donc vot'doigt, mettez-moi aut'chose… Oh ! comment qu'vous voulez le faire ? Debout ? On s'rait mieux sur le lit.

— Reste au bord, j'te la mettrai en levrette.

— Vous trompez pas ! Attendez que je l'entre… Là… C'est là… Ouïe ! j'ai un poil qui m'coupe ! Maintenant, c'est mouillé naturel, ça rentre bien… Ah ! Bon Dieu ! V'là qu'on m'sonne ! N'vous r'tenez pas, dites, dépêchez-vous d'jouir, faut qu'jaille voir qui c'est.

5
Phénomène

— Comment ! tu baises ?

— Oui, ma chère ;

— Tu es dépucelée ?

— Heureusement.

— Eh bien ! tu en as, du toupet ! j'ai vu bien des filles de notre âge coucher avec des garçons…

— Sans parler de toi… mais jamais une qui fasse l'amour par là.

— Par où le fais-tu, toi ?

— Dans la bouche, dans la main, dans les cuisses, dans les fesses, dans le petit trou, mais pas dans l'autre. Grand Dieu ! et si tu deviens enceinte !

— Naïve enfant ! Crois-tu donc que je lève mes jupes devant des jeunes gens assez mal élevés pour décharger dans ce que tu me tripotes ?

— Ils se finissent dans ton cul ?

— Ils se finissent eux-mêmes. Je ne m'en occupe pas. Quand j'ai joui je n'ai plus besoin d'eux.

— Et tu jouis bien, comme ça ?

— Idéalement.

— Tu le fais souvent ?

— Tous les jours avec mon fiancé ! Tous les soirs avec mon frère.

6
La bonne concierge

— Et puis ici, mamzelle, vous serez bien tranquille, c'est tout putains du haut en bas ! On n'est pas emmerdées par les dévotes.

— Ah bien ! j'aime mieux ça.

— Alors vous comprenez, vous reconduisez un ami qui sort de chez vous, vous êtes à poil sur votre porte, vous êtes libre, on gueulera pas.

— C'est bon. On ne se gênera plus.

— La nuit si vous rentrez avec un homme, que vous ayez le feu au cul ou que ça soye lui, vous tirez un coup dans l'escalier… Ben on vous rencontre, ça fait rien, on vous dérange pas seulement.

— Chic !

— Pis, si votre ami n'est pas venu et que la moniche vous démange, vous êtes trop grande pour vous branler, s'pas ? alors vous n'avez qu'à choisir, y a dix femmes ici pour vous bouffer le cul gratis.

— On leur dira.

— Et si qu'un miché s'amène qu'il sait pas chez qui monter…

— Envoyez-le-moi que je le suce. Vous aurez dix sous pour vous.

Deux filles pour un garçon

— Quoi ! on n'a pas besoin de se battre pour ça ! j'vas m'arracher deux poils du cul et tu tireras à la courte paille laquelle de nous deux qu'il baisera d'abord. C'est comme ça qu'on fait quand on est copines.

— Eh ben et l'autre pendant ce temps-là ?

— L'autre y sucera les couilles avec le doigt dans l'cul. On s'arrangera toujours. Ça va-t-il ?

— Ça va.

— V'là mes poils. Tire. T'as l'pus long… C'est bon, colletoi sa queue dans ta moniche. Tu sais faire en levrette ?

— Oui, j 'sais bien. Ça va loin.

— Ben, foutez-vous comme ça ; j'vas m'fourrer la tête entre vos guibolles et je vous passerai des langues à tous les deux, depuis l'petit bouton jusqu'au bout des roupettes.

— Et si y coule du foutre, ça sera pour ta gueule ?

— Tu l'as dit, Marie.

— Allons-y ! je m'place. Ouvre-moi les babines, qu'il n'me fasse d'mal. J'suis encore étroite, tu sais.

— Étroite ! Penses-tu qu'tu l'es encore, depuis trois mois qu't'es dépucelée et qu'on t'ramone tous les dimanches !

8
Éducation de nénette

— Retiens-toi, Lucien ! Jouis pas ! Que je montre à ma petite sœur. Viens ici, Nénette ; comment que ça s'appelle quand la fille est à quatre pattes et qu'on l'enfile dans le chat derrière.

— Ça s'appelle baiser en levrette.

— Et pourquoi que c'est bon ? Dis bien, mon trésor.

— Parce que la queue va plus profond.

— Tire un peu ta pine, Lucien, que j'y fasse voir par où ça rentre.

— Oh ! je vois bien.

— Et si qu'il me la fourrait plus haut ? comment que ça s'appellerait ? dis bien.

— Tiens ! il t'enculerait.

— Ah ! la garce de Nénette ! elle est pucelle par les deux trous et elle en sait plus que moi à son âge. Tâte-nous, saleté, prends-moi les babines du con, regarde comme il me le fait bien, je mouille déjà comme une éponge.

— Veux-tu que je te branle ? que j'y pelote les couillons ?

— Oui ! oui ! je sens qu'il va jouir ! Branle-moi ! Ah ! cochonne d'enfant ! Tiens ! tiens ! pour vous deux ! Et lui qui me pisse au fond ! Ah ! merde ! que c'est chouette !

Dialogues des enculées

1
J'ai une envie de jouir

— Viens-tu nous faire piner, Julie ? Sortons, quoi ! J'ai une envie de jouir qui me tord la moniche. Faut que je baise ou que je me branle ? Je peux plus attendre.

— Baisons plutôt. Allons chez Nénesse.

— Nénesse ! Un enculeur comme ça ! C'est pas dans le derrière que je veux des queues, c'est là-devant, dans les poils entre les deux babines.

— Alors, passons voir si Julot est là.

— Julot ! pour qu'il nous fasse la blague de nous décharger dedans comme il m'a fait à Pâques. Penses-tu qu'on a le temps d'y confectionner des enfants de mac ?

— Alors chez Mimile.

— Oh ! ton Mimile ! ton Mimile ! quand il a tiré trois petits coups faut y lécher le cul et les couilles pour s'enfiler le quatrième. Moi j'aime ceux qui bandent toujours.

— Malheur ! qu'est-ce qu'il te faut ! T'es jamais contente.

— Allons chez le troquet, nous ferons les putains. Tous ceux qui voudront, ils nous juteront dessus.

— Et si qu'on attrape la chaudepisse ?

— Je m'en fous. Je mouille dans ma chemise.

Viens-tu ? Chiche que je tire vingt coups jusqu'à demain matin et qu'après le dernier je me recommence toute seule ?

2

La proposition

— Si tu étais bien gentil…

— Qu'est-ce que je ferais ?

— Regarde comment je me place.

— Tu veux foutre en levrette ?

— Non.

— Tu veux une minette par-derrière ?

— Non.

— Ma langue au trou de ton cul ?

— Pas ta langue.

— Ma pine ?

— Tu es long à comprendre, tu sais.

— Ça va te faire mal.

— C'est mon affaire. Je te dis de m'enculer.

— Bien, bien… Oh ! que c'est dur.

— Écarte-moi les fesses… Pousse bien au milieu…

— Tiens… la tête y est déjà.

— Ah ! ha ! Branle-moi, dis, branle-moi…

— Attends donc que tout soit entré !

— Oh ! pas si au fond… tu me déchires…

— Ouvre les cuisses pour que je te branle mieux.

— Ah ! que je jouis… remue, dis… Ah ! ha ! je le fais !

3
Petite sœur enculée

— D'abord, on n'encule pas sa sœur, et d'une !

— Qui est-ce qui a dit ça ?

— Je ne sais pas, mais c'est des vilaines manières. Quand on a une sœur, on se fait sucer la queue si elle est pucelle, et on l'enfile si elle est mariée, mais on ne lui jouit pas dans le derrière.

— Allons, tourne tes fesses, tu en meurs d'envie.

— Mon petit chien, tu ne me le feras pas, dis !

— Non, je me gênerai ! Vrai, ça n'est déjà pas assez que les putains vous le refusent, il faudrait encore discuter avec sa sœur ! Tourne tes fesses, je te dis, et tâche d'être complaisante, ou bien je ne couche plus avec toi.

— Tiens, les voilà, puisque tu es si brute.

— Pose la joue sur l'oreiller et écarte les fesses avec les deux mains.

— Mouille un peu, dis… Oh ! il n'a pas mouillé !… Ho ! arrête tu me crèves, cochon ! Oh ! la ! la ! la ! la ! la ! ce que ça fait mal… Ne te remue pas, je t'en prie, je suis sûre que je saigne… Ha ! je te sens jouir, tant mieux… retire-toi, dis, maintenant.

4

La dossière

— Eh bien ! qu'est-ce que vous attendez pour me foutre votre pine au cul ?

— J'attends que tu mouilles…

— Non, mais tu crois donc que tu prends un pucelage ? Mon cochon, si j'avais autant de pièces de cent sous comme j'ai reçu des queues dans mon moule à merde, je ne coucherais pas avec toi ce soir, sûr que non !

— Tu crois que ça pourra entrer ?

— Je te dis que je suis plus large derrière que devant ! Ça entrera comme dans ma bouche. Tiens !… là… Le suis-je assez, enculée ?

— Il me semble.

— Tu sais, tu peux y aller. Fouille dedans comme dans un con. Je ne l'ai pas sensible. À la bonne heure, maintenant ! Tu me récures mon verre de lampe.

— Il est rudement sale, ton tuyau de vidange.

— Tiens, c'est vrai, j'allais chier quand je t'ai raccroché. Tu jouis, salop. T'as fini ? Retire-toi, que je les foute au pot, mes épinards à la crème.

5
Carnet de bal

— Mademoiselle, daignerez-vous m'accorder votre prochain tour de cul ?

— Monsieur, tout de suite si vous voulez, il n'est pas retenu.

— Vous aimez l'enculade, mademoiselle ?

— Beaucoup, monsieur. C'est la danse la plus agréable, ne trouvez-vous pas ?

— Certes, quand on peut baiser des fesses comme les vôtres !

— Vous les trouvez jolies ? Et mon trou de cul ? Vous savez, je n'y mets pas de noir, c'est sa couleur naturelle ! Un coup de langue, je vous prie.

— Oh ! mais vous êtes une artiste ! Cette position est sculpturale.

— Vous êtes trop bon… nous commençons ?

— Voici… Je ne vous fais pas de mal.

— Au contraire, je suis déjà trempée.

— Si j'osais, je prendrais la liberté de vous masturber légèrement.

— Merci, je le fais toujours moi-même. Ah ! vous jouissez, cher ami. Et moi, m'y voici. Vous êtes un enculeur exquis, je ne vous le cache pas… À bientôt.

6
Sous le pont

— Ssst ! chéri… Viens-tu t'amuser ?… Arrête un moment, tu me le feras par l'aut'côté si t'aimes ça.

— Marche devant, je te suis.

Mettons-nous là, tiens, y a pas de flics. Merci, t'es bien gentil, mon chien. Prends ton temps, va, ne me fais pas mal, attends que je sois prête.

— Je ne trouve pas…

— Mais oui, tu te trompes, gros bêta, tu vas dans mon chat… Tâte plus haut, avec ton doigt… Là, le voilà, mon trou de cul… Je l'ai mouillé, tu sens ?… Va doucement… Ah ! p'tit salop, tu y es, la tête a passé… L'sens-tu qu'tu y es ? Mets tes doigts dans mon chat… Quand je m'fais enculer, c'est pas du chiqué, tu vois… L'aimes-tu bien, mon trou du cul ? Il est pas bien serré, on y a chaud, pas vrai ? T'y bandes rudement dur, toujours.

— Tends bien le cul, nom de Dieu, je décharge.

— Jouis, petit cochon, jouis bien… Là !… Attends que je chie ton foutre par terre… Après j'tessuyerai ta queue dans ma ch'mise. T'as d'la merde plein. L'vois-tu, polisson, qu'tu m'as enculée ?

Un goût de famille

— Comment ? Toi aussi, petite sœur !

— Tiens ! Pourquoi donc pas ? Tu te le permets bien.

— Oh ! moi !... d'abord j'ai trente ans, tu n'en a que dix-neuf. De ta part ça me semble si drôle.

— Je suis mariée comme toi, j'ai deux trous comme...

— Mais oui, c'est entendu... Tu m'amuses, ma gosse, raconte un peu, comment t'y prends-tu ?

— Moque-toi de moi, je m'y prends très bien.

— À quatre pattes, et lui derrière ?

— Les premières fois, oui, c'était plus commode. Mais maintenant tout se fait à la paresseuse, et par-devant, pour que nous nous embrassions sans nous retourner.

— Explique...

— Je m'étends sur le dos, les cuisses repliées sur moi, le petit trou en évidence. Il me le vaseline avec un doigt et puis il y met sa queue. Est-ce clair ?

— Grande sale !

— Ensuite nous nous laissons retomber sur le côté, il prend ma jambe droite sur son bras gauche et alors tout se passe comme dans votre derrière, madame ma sœur.

8
Chambre de passe

— C'est pour enculer ?

— Oui… tu veux bien ?

— Bon Dieu ! J'aurai donc toujours la guigne !

— Voyons, ma petite, qu'est-ce que tu as ?

— J'ai… J'ai que j'ai oublié mon pot de pommade sur ma table de nuit. Pas un jour sur cent que je l'emporte pas ! Quand j'ai vu ça je voulais rentrer, pis je m'ai dit : « Quoi, ça sera bien de la malchance si je fais un client qui me retourne ! » Et tu vois, v'là que tu me le demandes.

— N'aie pas peur, on mouillera. J'irai tout doucement.

— Oh ! ça n'empêche ! Tu sais, mon vieux, j'ai pas le trou du cul comme la bouche, il ne travaille pas autant. Tu veux pas une plume ? une belle plume en lenteur ?

— Non, je t'ai dit. Je veux ton derrière.

— Alors, écoute ici, j'ai un truc. Seulement faut pas te dégoûter.

— Qu'est-ce que c'est ?

— Ben voilà... Quand j'étais gosseline, je faisais les pissotières ; et là, on n'a pas ce qu'il faut. Alors je me mouchais dans la patte sans mouchoir, je frottais la pine avec, et ça entrait. Voilà. Tu peux essayer, chéri ?

— T'as trouvé ça toute seule ?

— Non, c'est maman qui m'a montré.

9

Petite blanchisseuse

— Bonjour, m'sieur, v'là vot'linge.

— Commence donc par trousser ta chemise avant de compter les miennes.

— Oh ! vous êtes toujours pressé ! Vous ne débandez donc jamais ? Je vous trouve toujours la queue en l'air. Regardez-moi ça comme elle est raide.

— Et toi, toujours le cul mouillé, il me semble ?

— Pardi, quand je monte ici, je sais ce que je vais faire, ça me fait venir l'eau à la moniche.

— Qu'est-ce que je vois ? un petit duvet ? Tu auras bientôt des poils, ma gamine.

— Oui, mais ça fait rien, je suis toujours honnête, ne me foutez pas la pine devant, vous savez, j'ai confiance en vous.

— Bon, bon ; petite enculée, on fera comme d'habitude.

— Y a que vous qui me le faites, d'abord ; les autres clients, je les pompe et c'est tout. Avec un homme que je connais pas j'aurais trop peur vous pensez. Quand on vous pousse la bite au cul, le pucelage il n'est pas loin.

— Comme si on pouvait te dépuceler ! Pendant tout le temps que je t'encule, tu t'empoignes les babines du con…

— C'est crainte que ça glisse, monsieur.

10
Jeune fille en prière

— Je vous salue, Marie, pleine de grâce. Mon petit Jean tu serais bien gentil si tu voulais ne pas tâter mon cul pendant que je récite mes prières du soir.

— Impossible. Tu es tellement en position. Ne t'arrête pas. Au contraire. Continue de prier et laisse-moi faire.

— Je vous salue, Marie, pleine de grâce, le Seigneur est avec vous… Mouille ta queue, vilain, tu vas me faire mal.

— Veux-tu bien rester les mains jointes et ne pas te tirer les fesses. Je saurai bien t'enculer sans ta collaboration.

— Petit cochon, tu m'excites, je ne peux plus prier.

— Le Seigneur est avec vous. Vous êtes bénie entre toutes les femmes.

— Le Seigneur est avec vous. Vous êtes bénie entre toutes les femmes et le fruit de vos entrailles est béni… Ah ! petit salop ! mais c'est que tu m'encules pour tout de bon. Le fruit de vos entrailles à moi, c'est ta queue… Ah ! cochon !

— J'y suis. Ne t'en occupe pas. Continue donc de prier.

— Sainte Marie, mère de Dieu, priez pour nous, pauvres pécheurs… Ah !… Ah !… si tu me branles par-dessous…

— Tu mouilles comme une éponge et tu ne voudrais pas…

— Priez pour nous pauvres pécheurs… Ta queue va trop loin… Branle doucement… Ça vient… Maintenant… et à l'heure… ah !… ha !… de notre mort… Je jouis !… ha !… ha !… Ainsi soit-il.

11

La gousse enculée

— Oh ! oui ! pendant qu'elle me gousse ! ça sera bon ! Mets-la-moi dans le cul !

— Tu es habituée ?

— Oui, mon loup. Moi je n'aime que deux choses : la langue des filles dans le chat, la queue des hommes dans le cul. Encule-moi, je vais jouir.

— Faut-il mouiller ?

— Mouille en crachant dessus… Dépêche-toi… Ne te trompe pas de trou.

— C'est là ?

— Mais oui, c'est là ! Pousse donc, cochon ! Pousse donc !

— J'y suis ?

— Ha !… là ! là !… Oui, tu y es !… Va plus vite, Albertine… Ha ! non, plus lentement, arrête… Je veux qu'il m'encule bien avant que je ne décharge.

— Jusqu'au fond ?

— Oui, jusqu'au fond… Que je sente tes couilles… Ah ! je les sens ! Albertine, fourre ta main dans mon chat… prends-lui la queue… branle-le… branle-moi… Ah ! et ta langue que je sens toujours !

— Tiens ! saleté ! le sens-tu que je te pisse du foutre dans…

— Dans mon cul… oui, je le sens… Ah ! les salops ! Bois mon jus, Albertine, je le fais… je le fais…

12
Dis donc, mon petit

— Dis donc, mon petit, t'as fini de jouir ? Ben, tu sais ce qu'on fait quand on a fini d'enculer une fille. On lui sort la pine du cul. Si tes couilles sont vides, va te laver.

— Non, chérie. On est bien, dans ton cul ; c'est chaud. Laisse que je recommence.

— Deux coups sans déculer ? Ben, merde, qu'est-ce que je vas prendre comme élargissement.

Dialogues des chieuses

1
Sur l'oreiller

— Ma chérie, viens chier.

— Pas sur le lit.

— Si, sur le lit, sur mon oreiller, j'aime tant ta merde, je veux y poser ma joue, je veux dormir dedans.

— Je chierai mou, je te préviens…

— Tant mieux, j'en mettrai plein mes cheveux.

— Je suis placée, comme ça ?

— Penche davantage le corps, pour que je te voie faire ? Oh ! l'amour de trou du cul.

— Lèche-le un peu…

— Tiens… tiens… chie, maintenant…

— Madame est servie.

— Dieu ! y en a-t-il ! De quoi peindre tout le lit en brun, si on voulait…

— Ça me fait jouir quand je chie, tu ne le croirais pas !

— Viens voir un peu ce que tu as fait.

— Manges-en un peu, pour voir si tu aimes…

— Tiens, si je t'aime ! regarde, j'en ai plein la bouche.

— Mets-en dans tes cheveux, comme tu avais dit.

— Je m'y frotte, je m'y roule. J'en mets sous mes bras…

— Oh ! comme tu pues, maintenant ! Comme je t'adore !

2

Dans les mains

— Entrez !

— Bonjour, chérie.

— Bonjour, mon cul aimé. Tu viens faire ta petite merde ?

— Bien sûr. Tu n'as pas chié, j'espère ?

— Non, mon loup, je t'ai attendue.

— Comme sera-t-elle ?

— Toute molle ? Et la tienne ?

— Je compte sur un bel étron, ce matin.

— Long comme une pine ?

— Long comme une pine.

— Baisse ton cul, fais-le dans ma main.

— Je pousse. Le voilà, tu vois sa petite tête ?

— Oui. Qu'il est beau ! et long ! et gras !

— Tu l'as tout entier, mets-le sur l'assiette.

— À mon tour, je ne peux plus me retenir.

— Chie, mon loup, chie vite. Ah ! que c'est liquide ! Tout jaune avec de la boue brune comme du chocolat dans du jaune d'œuf. Retiens-toi, chérie, j'en ai plein les mains, ça passe à travers mes doigts, j'en mettrais sur le tapis.

3
Sur le corps

— Mets-toi à genoux et lève le cul, pour que je mette la canule.

— Lèche-moi le trou, d'abord, ça entrera mieux.

— Tiens… tiens… c'est assez ?

— Oui, mets la canule et tourne le robinet.

— Voilà… ça n'est pas trop chaud ?

— C'est brûlant, mais j'aime ça… Je jouirais sans me toucher quand je prends un lavement.

— Là, c'est fini. Garde-le un moment.

— Je ne peux pas… il faut que je chie tout de suite… couche-toi si tu veux le recevoir.

— Sur mes tétons d'abord… sur le gauche.

— Je peux tout lâcher ?

— Oui.

— Tiens… à toi !

— Oh ! que c'est vert ! c'est plein de merde, mon amour, et chaud comme du jus de con… Ah ! une petite crotte… je vais la mettre dans ma fente, ça me la parfumera… Avance-toi un peu… fais-le sur mon ventre… Oh ! encore… encore… sur mon bouton… oh !… oh !… je jouis, mon chat, je décharge !…

4

À la porte

— Sophie ? La grosse brune qui travaille en face ?

— Oui ! Écoute que je te raconte. C'était ce matin à cinq heures. J'étais levée pour aller à l'atelier et je me démêlais les tifs quand j'entends derrière ma porte un bruit, qu'on aurait dit un pet. J'ouvre vite, et qu'est-ce que je vois : la Sophie, les jupes en l'air, en train de chier sur mon entrée !

— Ben, merde, elle a pas la trouille.

— J'aurais voulu que tu soyes là. Elle avait encore un étron long comme un manche à balai qui se balançait au trou de son cul. Ça puait comme trente-six chiottes… Ah ! la garce ! elle a voulu se relever, mais j'y avais déjà foutu par-derrière un coup de pied dans les parties qu'elle en a gueulé fallait l'entendre ! Alors les voisines sont sorties sur le carré, je leur ai montré comme quoi cette rouchie-là venait vider son foiron devant ma porte à cause que j'avais pas été consentante d'y bouffer le cul, et nous nous sommes mises à quatre, nous y avons fourré le museau dans son caca, comme on fait aux chattes. On a rigolé, bon sang !

5

Bonnes amies

— Nini, viens que je te cause. Veux-tu boire du foutre de l'homme que tu gobes ?

— De Julien ?

— Oui, du foutre de Julien, du foutre de sa queue, du foutre de ses couilles, en veux-tu ?

— Oui, j'en veux. Où qu'il est, Julien ?

— C'est pas lui qu'en a, c'est moi… Écoute, ma gosse, tu sais que, si je couche avec lui, c'est par pour te faire des traits. Il me saute dessus, faut bien me laisser piner, mais c'est pas que j'ai mauvais cœur ; à preuve que quand j'en ai, de son foutre, c'est pour ta petite gueule si tu veux.

— Où que t'en as ?

— Dans mon cul, derrière ?

— Oh ! cochonne, tu te laisses enculer, c'est pour ça qu'il bande pour toi. Moi, le seul jour qu'il m'a pelotée, il a voulu par là, je voulais par-devant, il est parti… Raconte, y a combien de temps qu'il t'a enculée ?

— Mais tout de suite, là, dans le corridor. Dépêche-toi, je serre le cul, crainte que ça ne me coule.

— Oh ! chie-le-moi vite, dis, pendant qu'il est chaud ! faut que je goûte comment il sent. Mets ton cul sur ma bouche là… Pousse ! pousse !… tout ! ah ! tout !

6
Déplorable accident

— Oh ! ce que j'ai manqué d'être foutue à la porte hier !

— Toi ? tu t'as fait choper avec ta patronne ?

— Choper ? Penses-tu que j'ai douze ans ? J'en ai vingt-deux, ma chère, je me fais pas choper.

— Alors quoi ?

— Monsieur est parti plaider à Toulouse. Alors Monsieur Léon a passé la nuit avec Madame, comme de juste, et moi j'étais là sur leur pieu. Madame qu'aime pas la queue, faut lui passer la langue au cul pour qu'elle se laisse enfiler, tu sais ça… Ils ont tiré deux petits coups, Madame a pas joui six gouttes, alors Monsieur Léon s'a gratté les couilles, il a voulu trouver quéque chose. Il y a dit : « Sais-tu le bon moyen ? C'est que je t'encule pendant que Marie te fera mimi par-dessous. »

— Ah ! le salaud.

— Elle a dit : « J'ose pas. Fais-le d'abord à Marie pour me montrer. » Moi je m'en foutais, tu penses, mon pucelage d'arrière il est loin comme l'autre. J'ai fait 69 avec Madame, moi dessus. Il m'a enculée gentiment, et Madame criait : « N'y jouis pas dedans ! Garde tout pour moi ! » V'là-t-y pas qu'il a senti que ça venait et qu'il a retiré sa queue vite comme un bouchon d'une chopine ! et tout ce que j'avais de merde dans les boyaux s'a chié sur la gueule à Madame ! Ah ! là ! là ! ce qu'elle puait ! Si t'avais vu le coup !

Chie-moi sur la pine

— Penser que t'es ma sœur et que tu fais tout ça ! Ah Marie ce que tu me dégoûtes !

— Laisse donc ! tu sais pas le plus cochon !

— Quoi que c'est encore ?

— J'ai un vieux client qui vient au bordel qu'à midi. Il me réveille quand je suis couchée avec ma doubleuse, la grosse Juive que je lui bouffe le cul…

— Oh ! tais-toi !

— Quand il vient, ma doubleuse sort du pieu, il se couche à sa place, au chaud, il me fourre le doigt dans le trou du cul, il me dit : « Putain, t'as envie de chier ? » J'y dis : « Oui. » Il me fait : « Chie-moi sur la pine. »

— Tais-toi, Marie, ou je dégueule.

— Dégueule donc, ma gosse, te gêne pas. Il me fait : « Chie-moi sur la pine. » On se fout sur le seau, ça le fait bander, j'y foire tout mon chocolat sur le bout de la queue, je lui étale avec la main…

— Ah ! la salope ! la salope !

— Et quand toute sa cochonne de pine est merdeuse du haut en bas, qu'on dirait un étron de pucelle, il me la refout dans le trou du cul, et faut voir comme ça rentre, t'en fais pas autant, la môme, tu sais pas ce truc-là, parions ?

Dialogues des pisseuses

1
Dans les poils

— Pipi !

— Qu'est-ce que tu dis ?

— Je veux faire pipi.

— Petite sale, as-tu fini de te trousser et de montrer ton con ?

— Mets-y le pot.

— Il est plein. Pisse dans la cuvette.

— Non, je veux faire pipi dessus toi, Nini, comme Rose elle fait.

— Qu'est-ce que tu dis ?

— Oui, je t'ai vue, cette nuit, dans la salle de bains ; t'étais par terre, toute nue ; Rose, elle était dessus toi, et t'y disais : « Pisse, ma grosse, pisse-moi dans les poils, et je t'y pisserai aussi. »

— Petite malheureuse, ne dis jamais ça à Madame, elle nous chasserait.

— Ben, si tu veux pas que j'y dise, laisse-moi que je te le fasse.

— Tiens, mon amour, paye-toi ça. Tu me feras jouir aussi bien qu'une autre, après tout.

2

Dans la bouche

— Alors qu'est-ce que nous allons faire avant de nous quitter ? Moi, je n'en peux plus, tu sais. Voilà six fois que je mouille, je suis faible à me trouver mal…

— J'ai bien une idée, mais tu ne voudras pas.

— Qu'est-ce que tu en sais ? Je suis sûre que c'est encore quelque chose de dégoûtant.

— Oh ! dégoûtant… Je ne trouve pas du tout. Mais toi tu vas trouver ça dégoûtant, tu es si tourte.

— Dis-moi donc ce que c'est, grande sale.

— Tu n'as jamais fait pipi dans la bouche d'une fille !

— Oh ! quelle horreur !

— Eh bien, tu vas me le faire. Tant pis ! Tu as voulu que je parle. C'est demandé. Tu le feras.

— Sale cochonne ! Veux-tu bien te taire !

— Ferme-moi la bouche avec ton chat. Mets-toi bien à genoux ; non, accroupie. Mets le trou sur mes lèvres. Là. Lâche tout maintenant, mais tout doucement : j'avalerais de travers.

— Et tu vas boire ce qui sortira ?

— Comme du champagne.

— Tu m'en feras autant, alors. Je veux goûter du tien.

3
Professionnelle

— Je viens de la part de votre amie Blanche. Elle vous a expliqué ce que je désire ?

— Oui, madame. Je sais.

— Et vous voulez bien ?

— Mais certainement, madame. Pourquoi que je ne voudrais pas, donc ? Blanche est rudement gourde ? Une femme jolie comme vous, on ne devrait rien y refuser.

— Est-ce que vous le faites quelquefois ?

— Non. Faut pas croire non plus qu'on fait tout à tout le monde. Je dis oui parce que c'est vous. Suivez-moi dans la salle de bains. Déshabillez-vous vite… Là. C'est-y dans ma bouche que vous voulez faire ça ?

— Oui, Salope ! sur toute ta figure.

— Alors je mets mon bonnet en caoutchouc. Allez maintenant ; vous avez bien envie ?

— Je me retiens depuis cinq heures. Ah !… tiens !… tiens ! je lâche tout…

— Baisse-toi un peu plus, que je te fasse mimi, et tu vas voir si je te fais pisser autant de blanc que de jaune.

4

Fin d'une nuit lesbienne

— Ah ! Mon amour, j'ai trop joui, cette fois-ci, je ne peux plus bouger… Reste sur moi ; c'est si bon de te sentir toute nue sur moi toute nue. Tu es en sueur, moi aussi. Tes gros tétons… ils ruissellent… Non, ne frotte plus ton con sur le mien. Reste tranquille, toute nue sur moi toute nue.

— II faut que je me lève.

— Oh ! non ! Pourquoi ?

— J'ai envie de faire pipi.

— Retiens-toi.

— Je ne peux plus.

— C'est vrai ? Alors pisse où tu es.

— Qu'est-ce que tu dis ? Sale ! sale ! Tu veux ?

— Oui. Pisse-moi sur le con plutôt que de t'en aller.

— Tu vas être inondée… Le lit aussi…

— Tant mieux… Ah ! tu pisses… ah ! que c'est chaud, que c'est bon… Pisse plus fort… Pisse tout… C'est un délice… Cela me coule sur le ventre, sur la cuisse, tout autour du con… ah ! chérie !

5

Sur les couilles

— Écoute un peu : je vas té faire oune chose qué pas oune femme elle fait en France ; oune chose qué je l'ai appris dans moun pays.

— Où est-ce, ton pays ?

— Buenos Aires. Les poutains de là-bas elles sont plous cochonnes que les Parisiennes.

— Et qu'est-ce que tu veux me faire ?

— Tou vas voir. Viens m'encouler en lévrette, et quand ton séras bien au fond, ye te pisserai sous les couilles.

— Tu as fait ça souvent dans ton pays ?

— Oh ! oui ! tou verras, c'est bon ! le pipi, il est chaud, ça fait bien décharger. Youste y'ai oune envie de pisser qui me tord le con. Encoule-moi, va bien, va bien. Là, tou es dans le fond ; à présent, vois-tou comme jé té prends les couilles avec la main, et pisse, pisse, pisse…

— Ah ! salope, tu me fais décharger trop vite !

— Tou jouis, ma vie, et jé pissé oune pot dé chambre. Quand tou voudras récommencer oune autre jour, ton déman-déras Mercédès.

Dialogues des mères

1
Le conte de la reine

— Maman, dis-moi une histoire.

— Il y avait une fois une reine qui était très malheureuse parce qu'elle avait fait vœu pendant une grave maladie de ne plus jamais faire soixante-neuf.

— Oh ! c'est pas toi qui jurerais ça, dis maman ?

— Alors elle fit venir une bonne fée et elle lui dit que sa bouche avait bien envie de sucer la pine du roi, et que son con avait bien envie d'être léché par la langue du roi, et elle lui demanda comment elle pourrait tourner son vœu sans le violer.

— Je le crois. Ça devait lui cuire.

— Alors la fée dit à la reine : "Frottez-vous la bouche et le con avec l'onguent que je vous donne ; votre bouche deviendra con, votre con deviendra bouche. Ainsi, dans la position ordinaire, vous sucerez et serez sucée."

— Ben moi, je me serais frotté la bouche seulement. Un con de plus, ça n'est jamais trop.

— C'est ce qu'elle a fait. Tu as deviné.

<h1 style="text-align:center">2</h1>

La mère complaisante

— Juliette !

— Maman ?

— Tu ne dors pas ?

— Non, je me branle.

— Tu n'as pas encore joui ?

— Non, maman, je ne fais que commencer.

— Alors viens te branler sur ma bouche et tâche de décharger beaucoup ; j'ai envie de boire ton bon petit foutre.

— Maman, tu ne veux pas me lécher ?

— Encore ?

— C'est que je déchargerais davantage et puis, comme ça, je ne m'écorcherais pas.

— Allons, viens te placer.

— Ah ! que tu es gentille ! J'ai si envie ! Tu verras, au premier coup de langue, je coulerai comme une fontaine.

— Et qu'est-ce qu'il faudra te faire en même temps ? Dis-le-moi.

— Tu le sais bien, mère. Mets-moi le doigt dans le cul.

3
L'art d'être mère

— Vous devriez accepter, ma bonne. Cinq cents francs, ça ne se refuse pas.

— Mais, la pauvre gosse, elle a neuf ans et demi. Il me la défoncera !

— Allez donc. Est-ce qu'il n'en a pas l'habitude ! Tenez, je vais tout vous dire, j'ai confiance en vous. Savez-vous combien je lui en ai amenées ! depuis le commencement de l'hiver, moi qui vous parle ?

— Des petites filles ?

— Quatorze, que je lui ai procurées. Et vous savez, ni poils ni tétons ; autrement il n'en veut pas. Eh bien, il n'y en a pas une qui me soit revenue blessée. Je vous dis, c'est un homme qui sait s'y prendre. Quand elles sont trop étroites, il les prend autrement.

— Comment ça ?

— Oh ! quoi ! quand votre Nini aurait un peu de sauce dans la bouche, c'est pas ça qui l'empoisonnerait.

— C'est dégoûtant tout de même de commencer si jeune.

— Mon Dieu, autant vaut à neuf ans qu'à seize. Plus tôt elle vous rapportera, mieux vous l'aimerez, vous verrez ça. Et puis elle a des cochons de petits yeux… On en sera content. Je vous aurai des amateurs, n'ayez crainte.

4
Les devinettes

— Jouons aux devinettes, maman. Celle qui gagnera de nous deux, l'autre lui fera minette.

— Bien. Qu'est-ce que c'est que la tête aveugle qui a des cheveux, une bouche et un nez, qui mange de la viande et boit du lait, qui pisse jaune et qui chie liquide, et qui crache le sang toutes les quatre semaines ?

— C'est le con, m'man.

— Qu'est-ce que c'est que l'étoile noire qui devient bracelet rouge et qui brille entre deux fromages, et qui fabrique du boudin, des boulettes de chocolat ou de la crème au café ?

— C'est le trou du cul, m'man.

— Qu'est-ce que c'est que…

— C'est la pine, m'man. Je suis sûre que ça va êtes la pine. Suce-moi-le, dis ?

— Mais tu n'en sais rien ?

— Si j'ai deviné ! Suce-moi-le, le con, dis ? Suce-moi-le.

5

Le bouton de finette

— Arrive ici Finette, montre à Mme Clémence comme t'as un gros bouton. Allons, ne fais pas la bête, ouvre tes guibolles… Regardez-moi ça, ma chère, est-ce que ce n'est pas épatant ?

— Eh bien, mince, vous savez, ça me la coupe. La petite coquine, elle en a plus que moi !

— Et elle va sur ses douze ans ? Pas un poil, vous pouvez voir. C'est chic pour une môme, d'être montée comme ça, tout de même !

— Mais comment est-ce qu'elle a fait son compte ?

— Tu veux que j'y raconte, dis, Fifi ? Ça fait rien, va, elle s'en doute. Eh bien, ma bonne, vous savez ce que c'est, y a des enfants plus chaudes les unes que les autres. Celle-là, on dirait qu'elle a le feu entre les jambes. Soir et matin, elle fait que se branler. C'est rigolo de la voir, des fois. Elle s'en fiche pas mal que je sois là. Ce qui l'épate seulement c'est que j'en fasse pas autant. Je vous dis : y a pas plus salope qu'elle.

— Je voudrais bien vous demander…

— Qu'elle se le fasse maintenant, pas vrai ? C'est facile, vas-y, Finette. Tenez : regardez-la elle s'en paye !

6

Les petites filles s'amusent

— Jésus Maria ! les v'là encore en train de se chier dans la bouche ! ah ! les cochonnes de filles ! faut-il avoir la rage au cul pour aller bouffer du caca tout chaud qui sort des fesses de sa sœur ! A-t-on jamais vu inventer des dégoûtations comme ça !… Mais qu'est-ce que j'ai donc fait au Bon Dieu pour avoir des putains pareilles !… Et puis elles ne bougent pas plus que si on n'était pas là… Zélie ! Veux-tu te retirer à la fin des fins !

— Ta bouche !… attends que j'aie fini.

— Comment, c'est ça que tu me réponds ? Quand je t'attrape le cul baissé sur le nez de ta sœur, tu me fais : « Attends que j'aie fini… »

— J'ai encore envie… je pousse… Moi, quand je joue, je ne triche pas, je chie tout ce que j'ai dans les boyaux. Elle m'a fait la même chose…

— Ose donc répéter, salope !

— Je te dis qu'elle m'a foiré un paquet de merde dans la bouche que je pouvais pas tout avaler, et trois petits crotillons avec… Houp ! voilà mon dernier qui passe le trou de mon cul. À présent tu peux causer, maman, je t'écoute, n'en dis pas trop long.

7

Le dimanche dans la banlieue

— Ah ! Maman ! ce qu'on a rigolé à Poissy ! J'ai du foutre qui me coule tout du long de la liquette !

— Marie ! dis pas ça devant ta petite sœur !

— Qu'elle se branle si ça la chauffe ! Elle se gratte assez pour de rien ! Cette fois-là, ce sera pour quéque chose. Pige un peu quand je me trousse, Fifi, si j'ai du blanc dans les poils.

— Marie ! peux-tu dire ces mots-là devant une enfant.

— Léon m'a baisée trois fois, Arthur cinq fois, Gustave deux fois, Marcel quatre fois… C'était bon… Je sais plus combien de fois j'ai joui… Et puis y en a qui m'ont retournée.

— Ma fille, un peu de pudeur ! par pitié pour la petite !

— Ils m'ont enculée comme une vache. J'étais saoule, je trouvais ça cochon… Des fois j'en avais deux, un devant et un derrière qui me pinaient par les deux trous… Et je mouillais ! Ah ! Fifi ! Si t'avais vu mon cul.

— Mais regarde-la, ta sœur, la voilà qui se touche ! Tu n'es pas honteuse ! Marie ! Marie ! Je t'en conjure !

— Des fois pendant qu'on m'enculait, une des filles me faisait minette et c'était encore meilleur. Branle-toi bien, ma gosse, c'est ton tour de jouir. J'ai bouffé le cul à toutes les filles, j'ai pompé la pine à tous les garçons, ah maman ! quelle chouette journée : ce qu'on a rigolé à Poissy !

8
Nini aime mieux la queue

— Maman, j'ai envie !

— Envie de quoi, ma poulette ?

— Envie de baiser.

— Tu sais bien qu'y a pas d'hommes ici l'après-midi. Attends jusqu'à ce soir, mon trésor. T'auras le choix.

— Je peux pas attendre. J'ai le cul qui me démange.

— Ben, trousse-toi là que je te branle. Ça te soulagera toujours un peu.

— J'ai pas envie de ton doigt. J'ai envie d'une queue.

— Pauv' gosse ! Va, si j'avais une queue sous le devant de ma jupe, t'aurais pas deux mots à dire pour que je te la passe au cul. Mais tu sais bien que j'en ai pas. Alors quoi que tu veux ? Que je te fasse minette. Pose-toi sur le bord du lit. Un coup de langue est bien vite donné.

— J'ai pas envie de ta langue. J'ai envie d'une queue.

— Oh ! que t'es contrariante, ma Nini. Y a pas de queue ici, je peux pas t'en faire une.

— Y a Léon qu'en a une bien belle…

— Quoi ? C'est pour aller voir Léon que tu causes comme ça ? Si tôt dans la journée, c'est pas sage. Enfin vas-y, mon amour. Tire un coup et reviens travailler.

9

Instructions maternelles

— Dioline, j'ai plus rien à manger pour nous, demain. Tu vas t'en aller deux heures turbiner sur les fortifs.

— Bien, maman.

— Et puis gare à toi si tu te fais baiser par les gamins. C'est pas pour rigoler que je t'envoie dehors, c'est pour rapporter du pognon.

— Oui, maman.

— Tu regarderas si y a des flics. Quand tu croiseras un miché, t'y diras : « M'sieur, j'ai pas de poils, v'nez vous amuser. » Tu le conduiras derrière le magasin, tu te laisseras bien peloter la fente et fourrer le doigt dedans, et tout. Pis, quand tu verras qu'il bande, tu le feras payer d'avance.

— Oui, maman.

— Après ça tu le suceras bien, et surtout qu'il jouisse dans ta bouche. Gare à toi si tu le fais décharger dehors ! Si y'a un miché qui me dit ça, je te fous le fouet avec mon battoir.

— Non, maman ! pas ça ! je sucerai bien !

— Si le miché aime mieux baiser, tu te le feras faire en levrette.

— Oui, maman, comme d'habitude.

10
La mère et la maquerelle

— Eh bien ! Madame Balanchon, vous me trouvez donc plus de vieux pour ma petite Nestine ? Une enfant si complaisante, qui se fait enculer comme vous et moi !

— Une gosseline qui se fait enculer ? Ah ! Madame Minet, c'était bon de notre temps que ça soit rare. Moi, quand je donnais mon cul, y avait que moi du quartier. À présent elles le font toutes. Je peux dire ! Depuis la rentrée des Chambres j'ai vendu plus de soixante fillettes. Y en avait des pucelles devant ; pas une de pucelle derrière. V'là comme c'est par le temps qui court, madame Minet.

— Oui, mais il y a cul et cul, ma bonne dame. Le cul de la mienne est rose, qu'on dirait une tête d'ange. Et faut voir comme elle le donne ! Une fois elle m'a ramené un client… Oh ! c'est pas souvent que ça lui arrive. J'aime pas, rapport aux responsabilités… Mais enfin ce jour-là, elle se l'a fait faire sur mon lit. Et si vous aviez vu, madame, quelle douceur ! quelle complaisance ! Elle s'avait foutu la tête dans l'oreiller, et elle s'ouvrait elle-même les fesses pour que ça rentre plus avant. Pauvre petit chérubin !

— Pour dix francs je vous ai un client. Mais pas plus !

— C'est bon. Je vous la loue pour dix francs.

— Alors graissez-lui le trou. Je vous ramène l'amateur.

11
C'est mal de sucer son père

— Cécile, faut vraiment que je te cause. Je te fous pas souvent des beignes, mais hier soir j'en avais envie.

— À cause ?

— À cause que je t'ai trouvée en train de sucer ton père, saleté ! j'en aurais pleuré quand je t'ai vue.

— Oh ! là ! là ! Et Bertine, est-ce qu'elle suce pas son père ? et Lolotte qui fait que ça du matin au soir ! Et Mimi, que c'est son père qui l'a dépucelée…

— T'as bien besoin d'aller chercher modèle chez des enfants de putains comme ça ! N'empêche que je t'ai vue sur le pieu : t'avais sa pine dans la bouche, il te pelotait le cul pour s'exciter et tu t'as pas seulement retirée quand tu m'as vue ! Il t'a joui dedans, saloperie ! C'est à cause de toi qu'hier soir je me suis couchée sans baiser.

— Oh ! là ! là ! pour un soir qu'il ne te la met pas tu peux bien te branler toute seule.

— Me branler ? Tâche donc d'être polie ! C'est bon pour des mômes comme toi de se gratter le cul trois fois par jour. Mais moi j'ai trente-cinq ans, c'est l'âge d'être enfilée… Oui tu verras si tu rigoles dans vingt ans d'ici, ma gamine, quand tu verras que t'as chié une gosse pour qu'elle suce la queue à ton homme !

12
Modernisme

— Ninie, si tu n'es pas plus sage que ça, prends garde : tu pourras jamais te marier.

— Je m'en fous un peu. Je veux pas me marier d'abord, je veux être putain.

— Ah ! bien ! il ne nous manquait plus que ça !

— Pourquoi donc que j'aurais toujours la même pine dans la bouche ? Moi, quand j'ai sucé un gamin deux fois, j'aime bien changer de foutre.

— Oh ! Ninie ! ma petite fille !

— Tu verras ; quand j'aurai des nichons, j'irai travailler dans un beau bordel, où qu'on me frisera les cheveux et les poils du cul, comme à Bertine. J'aurai un beau peignoir de soie rouge que je trousserai pour montrer mon chat, et je me ferai baiser, gousser, enculer, je branlerai les michés entre mes tétons, je leur sucerai la peau des couilles et je leur z'y fouterai la langue dans le cul.

— Si tu fais jamais des saloperies pareilles, t'avise pas de revenir m'embrasser sur la bouche.

— Sur la bouche ? J'embrasse pas les femmes sur la bouche, moi je les embrasse plus bas, dans les babines du con.

Dialogues des enfants

1
Dix ans

— E

h ! Grenouille ! punaise ! asticot ! limace ! extrait de bitte ! cresson de pissotière ! moniche en trou de pine ! échappée de bidet ! motte sans tifs ! chie-partout ! mollard de con ! nichons à venir ! Déflaque mal foirée ! bouffe-rouchie ! cul-blanc ! grimpe sur un tabouret, tu lécheras mon troufignon, voir si y a du chocolat.

— Cause toujours. On y dira.

— Va donc te branler ! les chiottes sont vides ! Quand t'auras dix sous de tabac entre les gigots, tu reviendras emmerder le monde.

— Bougre de cochon ! si j'avais du poil au cul, tu t'aurais pas foutu de moi, salop ! Attends que j'aye seulement douze ans, je t'enverrai mon mac en visite.

— Basta ! Décanille, ou je t'encule.

— Alors c'est tout ce que tu casques ? Six ronds pour me poisser la gueule ? Tu m'en as collé une chopine sur l'estomac, que je vais en roter jusqu'à demain, et quand on a fini de pomper, tu vous fous six ronds et un pet. Faut-il que ta marmite soye purée !

2
On va jouer à la putain

— Viens nous deux, Fifine, on va jouer à la putain.

— Ça me va. Je fais le miché. Raccroche-moi.

— Écoute ici, mon petit homme.

— Oh ! la grande sale, qu'est-ce que tu veux me faire ?

— C'est pas comme ça qu'on dit quand on vous raccroche, on fait : « Va chier, ou je t'encule ! »

— Alors : « Va chier, ou je t'encule ! »

— Si tu veux, mon petit homme. Viens là, dans les chantiers, tu me la mettras dans le trou du cul.

— Oh ! ça me fera bien plaisir.

— C'est pas comme ça qu'on dit. On dit : « Faut-il que tu sois pourrie de vérole pour baiser par le tube à merde, eh ! chameau ! » Alors moi je te fais : « Non, chéri. Je suis bien propre, bien saine ; viens voir mon chat comme il est rose. »

— Si c'est toi qui parles tout le temps on peut plus jouer…

— Aussi pourquoi que tu joues mal ?

— Tiens ! Ma maman à moi n'est pas putain, aussi.

— C'est le tort qu'elle a. Les gonzesses qui travaillent du cul sont moins connes que les autres ! Retiens ça !

3
« Maman, j'emmène zizi promener »

— Alors, toutes les fois que ta grande sœur couche avec son bon ami, t'es dans leur pieu ?

— Bien sûr, depuis six mois.

— Il te baise aussi ?

— Mais non. Tu sais pas. Madeleine dit comme ça : « Maman, il fait beau, j'emmène Zizi promener » ; pis au lieu de se promener on va chez Julot ; on se fiche à poil tous les trois, il bande, c'est chic à voir ; c't'homme-là, sitôt qu'il tâte le cul de Madeleine il a la queue dure comme du bois.

— Ben et toi ?

— Attends donc. Ils s'allongent au milieu du pieu en tirant leur coup à la paresseuse, tu sais, comme ça, sur le côté ! Moi, je me mets la tête près du cul de Madeleine, je vois la pine qui fouille dedans, qui va, qui vient...

— Cochonne !

— C'est Madeleine qu'est cochonne, là ! là ! si tu voyais ça ! toute la mouillerie qui lui coule du chat ! Seulement faut pas que Julot y décharge dedans, pour pas qu'elle soit pleine ; alors quand elle a fini de jouir, il retire vite sa queue, je la chope dans ma bouche, et allez ! tout le foutre qu'il pisse pour elle, c'est moi qui l'avale, comme ça cinq fois, six fois dans l'après-midi.

4

Dans les terrains vagues

— Et à moi, pourquoi tu me le fais jamais, dit Julot, comme aux autres gamines ?

— Quoi ?

— Zizi-panpan dans le trou du cul.

— Ça me dit rien avec toi.

— À cause ? Il est girond, mon p'tit foiron. Pige comme il fait l'abricot, comme il est bien fendu, bien retroussé, bien ferme. Il n'y manque que ta queue.

— Ferme ça, pisseuse ! t'es dégueulasse ; t'as la ruelle pleine de marmelade, eh ! maltorchée !

— C'est rien, quoi, c'est du sec, j'ai pas chié d'aujourd'hui. Tiens, ça s'en va, rien qu'avec mon ongue. Vois-tu le troufignon maintenant ? J'ai décollé c'qui y avait d'ssus. C'est pas encore assez propre ? Attends j'pisse dans ma liquette et j'me débarbouille l'entre-deux avec. Reluque, mon Julot, comme le v'là rose et beau.

— Ça me dit toujours rien… T'as les cheveux coupés, Titine. Derrière toi, j'croirais que j'encule un garçon. Ça m'la coupe.

— Ben merde, c'est toi qui m'la coupes ! Un garçon ! Zieute-moi donc la moniche, tiens donc, zieute-la-moi là ! T'as vu des gamins avec deux trous, eh ! fourneau ! Si tu sais pas c'que c'est un con, probable que tu t'as pas r'gardé !

5
La grande sœur qui est au bordel

— C'est bien ta sœur Charlotte qu'est au bordel près de l'Opéra ?

— Oui. Elle est venue chez nous hier.

— Oh ! dis ! raconte-moi ! Ce qu'elle doit en avoir, des amis, celle-là ! oh ! la veinarde !

— Tu penses ! Soixante par semaine, qu'elle en a !

— Et quoi qu'ils font avec elle ?

— Elle leur met la langue dans le cul. Pis elle les suce.

— Tous, qu'elle les suce ?

— Oui. Sauf ceux qui aiment mieux l'enculer.

— Oh ! Elle se laisse enfiler par le petit trou ?

— Faut bien. Toutes les nuits une ou deux fois. C'est ça qui rapporte le plus. Les enculeurs ; ils la demandent tous, à cause qu'elle se laisse bien faire.

— Et combien de fois par jour qu'on la baise ?

— Oh ! là ! là ! ce que t'es pucelle ! Mais on la baise jamais ! Quand on va au bordel c'est pas pour baiser !

— Ah !… Alors comment qu'elle décharge ?

— Ben, elle a une bonne amie, une bonne brune qu'on appelle Sarah, qu'a pas encore eu la vérole. Quand la journée est finie, ma sœur et Sarah se bouffent le chat. C'est meilleur que de faire l'amour.

6
Plus de zèle que de capacités

— Tu te trousses bien vite. Y'a longtemps que tu fais le métier, petite cochonne ?

— Y a que deux mois, m'sieu, mais je sais bien.

— Quel âge as-tu ?

— Dix ans et demi.

— La femme qui fait le guet, là-bas, c'est ta mère ?

— Non, m'sieu, c'est une qui loge sur le palier.

— Tu es dépucelée ? Oui, je sens ça ?

— Oh ! oui, m'sieu, baissez-vous que je vous y mette la queue !

— Malheur ! quand j'y mets seulement le doigt, je suis au fond tout de suite. Comment veux-tu que j'y mette la queue ?

— Eh ben, le petit bout ; c'est assez pour jouir.

— Laisse-moi te la mettre dans le cul. Ça rentrera plus loin.

— Oh ! et vous allez me faire saigner et papa me foutra des coups.

— Va donc ! tourne-toi, écarte les fesses, j'irai doucement, n'aie pas peur.

— Alors attendez que je vous la mouille.

— C'est bon. Assez mollardé comme ça. Donne ton cul.

— Doucement au moins, pas vite, dites, m'sieu, pas vite… Ouille ! Là ! là !

— Veux-tu pas crier ! tu vas faire venir les agents.

— Je crie pas, m'sieu, mais j'ai mal… Déchargez vite ! oh !

là !

— Tais-toi c’est fini. J’ai la pine pleine de merde. Torche-moi ça.

— Pas dans ma chemise, m’sieu. T’sous ma robe, ça se verra pas.

7
Je me branle

— Quoi que tu y as fait, à Nestine, dis Julot, qu'elle avait l'air si cochon hier au soir en sortant du terrain vague ?

— T'es trop gourde pour que je te le dise. Tu veux pas seulement montrer ta moniche.

— Je veux pas devant tous les gamins, mais à toi tout seul, je veux bien. Mets-y la main, elle te mordra pas.

— Tu parles qu'elle a pas de dents ! elle a pas même de poils.

— Oh ! là ! n'entre pas le doigt, Julot, je suis pucelle.

— T'as le bouton rudement gros, toujours.

— C'est que je me branle… Alors quoi que tu y as fait, à Nestine, dis, Julot, qu'elle s'empoignait la motte à travers ses jupes en sortant d'avec toi ? »

Table des matières

www.grandsclassiques.com

ISBN ebook : 9782512007906

ISBN papier : 9782512009108

Dépôt légal : D/2018/12603/78

Couverture : © Hélène Massart

Conception numérique : Primento, le partenaire numérique
des éditeurs